「麻辣水浒」

杨晓东 ◎ 著

九州出版社
JIUZHOUPRESS

图书在版编目（CIP）数据

麻辣水浒 / 杨晓东著. -- 北京：九州出版社, 2013.10

ISBN 978-7-5108-2402-9

Ⅰ.①麻… Ⅱ.①杨… Ⅲ.①杂文集—中国—当代 Ⅳ.①I267.1

中国版本图书馆CIP数据核字(2013)第248421号

麻辣水浒

作　　者	杨晓东　著	
出版发行	九州出版社	
出 版 人	黄宪华	
地　　址	北京市西城区阜外大街甲35号（100037）	
发行电话	（010）68992190/2/3/5/6	
网　　址	www.jiuzhoupress.com	
电子信箱	jiuzhou@jiuzhoupress.com	
印　　刷	北京紫瑞利印刷有限公司	
开　　本	710毫米×1000毫米　16开	
印　　张	9.5	
字　　数	145千字	
版　　次	2013年10月第1版	
印　　次	2013年10月第1次印刷	
书　　号	ISBN 978-7-5108-2402-9	
定　　价	28.00元	

义之气（序）

刘庆邦

　　我们写文章，要用脑，用心，还要用气。文章以气为主，还是孙犁先生说的。以前我对这句话不太理解，写文章多了，如今才体会到此言的确是经验之谈，肺腑之言。因为写文章的过程是作者呼吸的过程，通过呼吸，字行里间必定带出作者的气质，并形成一定的气场。我们看谁的作品，就等于进入了谁的气场。而判断其作品的品质如何，我们有时不必把一个人的作品读完，只到他作品的气场里呼吸几下就行了。无疑，阅读作品的过程也是一种呼吸过程。在好的作品里，我们如访菊品梅，得到的是香久清远的气息。在不好的作品里呢，我们看到的有可能是污泥浊水，吸到的是不良空气。我曾把好作品里面的气总结为四种气，即真诚、正大、平和、善良之气。反之，则是虚伪、阴邪、暴躁、丑恶之气。

　　近日读了杨晓东的随笔集《"麻辣"水浒》，我意识到，我所总结的好文章里包含的好气当中似乎还少了一种气，这种气叫义之气，或者叫忠义之气。我国的传统文化是很看重义的，在儒家文化的核心价值理念仁义礼智信里，把义放在了第二位，可见对义的推崇程度。长期以来，人们对义气的理解有些偏狭，甚至和一些负面的东西相联系，这是不应该的。

　　一个人喜欢读什么书，书里必定有和他的气质相投合的东西，或者说，一定是他在书里找到了自己。晓东喜欢反复阅读《水浒传》，除了他接触该书比较早，有先入为主的因素，更主要的原因，恐怕还是书中贯穿始终的义字打动了他，吸引了他，并塑造了他。和《三国演义》相比，如果说《三国演义》主要是写智的，打的是智的旗帜，而《水浒传》主要就是写义的，高举的是义的大旗。可以说一百单八将中，每个人都是义的符号，义的载体。不管是武松、鲁智深、林冲、李逵、卢俊义，还是宋江、孙二娘等，每个人都是义士，都有义举，最后集合在义的大旗下，形成了聚义和起义的强大力量。

晓东喜欢《水浒传》，不惜放在手边，带在路上，反复阅读，但他并没有淹没在"水浒"之中，没有被"水浒"拘泥住，他看来看去，把"水浒"看透了，看破了，看到了许多别人没有看到的背后的东西，并产生了奇思妙想，于是就有了这本书。在这本书里，晓东拎出《水浒传》中一些有趣的人物，把焦点聚集在人物身上，让人物穿越一番，站在当今的舞台上，对人物进行了重述。不，他不是简单的重述，他对有的人物有质疑，有颠覆，甚至是重构。比如在《燕青挖炭》这篇文章里，他写浪子燕青勾搭上了名妓李师师，因囊中银两不足，就想办法在梁山山脚下雇人挖炭挣钱。别的将领见燕青思想鲜放，先富起来，纷纷效仿燕青，也在梁山周边挖起炭来。挖得地陷了，寨墙塌了，水枯竭了，风气也败坏了，最终导致被宋军攻破山寨，荡平水泊。晓东把梁山的失败归咎于生态环境的破坏，这显然是当代人的视角，当代人的理念。它的现实意义也就在于此。

以"麻辣"来给水浒命名，大概想赋于水浒以新的味道。人们对于味道有多种需求，一种味道尝久了，就想换一种味道。我猜晓东的意思，是要给水浒的读者们换换口味。麻和辣都是重口味，都是刺激性的口味，读者诸君小心了，别被晓东麻翻，别辣出汗来。

2013 年 8 月 7 日（立秋）于北京

目 录

新编水浒

感悟水浒

梁山泊选帅

话说一百零八位好汉在水泊梁山聚义后，兵强马壮，声势浩大，官军屡次前来围捕镇压皆不能取胜，久而久之，梁山军渐生轻敌之心，骄兵之气，加之因诸位头领皆已排好座次，坐上了"铁交椅"，因而头领不思进取，小校喽啰更是懈怠散漫，寨主宋江看在眼里，急在心头，似这般下去，怎堪与官军对敌？自己多年经营的这点政治资本岂不是毁于一旦？

宋江便连夜召集副寨主卢俊义、军师吴用、副军师公孙胜商议整顿梁山军，决定搬掉"铁交椅"，公开选拔梁山军兵马大元帅及马军、步军、水军、炮军都总管各一名。议定由吴用牵头，会同铁面孔目裴宣、铁臂膊蔡福、一枝花蔡庆等拿出具体实施意见。

吴用一干人忙活了半个多月，制定出了一套严密科学的竞聘方案，规定参加竞聘者必须具备四个条件：一、政治可靠；二、有大学、本科以上学历；三、武艺高强；四、相貌端正。拿到常委会讨论，皆认为此方案切实可行，一致通过，并将此方案张榜公布，有意参加竞聘者须在三十日内准备好资料交到忠义堂。

方案出台后，梁山顿时炸了营，就像平静的水面上扔了一块大石头，众头领们议论纷纷。黑旋风李逵嚷嚷的嗓门最高："论条件，豹子头林冲曾做过八十万禁军教头，双鞭呼延灼是宋朝的大忠臣呼延赞之后，大刀关胜也曾指挥千军万马，熟读兵法，且这三人目今都在梁山五虎将之列，还搞甚鸟竞聘，干脆就从这三个里挑一个当大元帅罢。"众人都说，李逵虽然粗鲁，但说得在理。

却说宋江其实自有心思，他一心想着招安，好封官诰爵，光宗耀祖，但山寨不少头领不同意。最近宋江秘密同东京名妓李师师勾连上了，想让她与朝廷皇帝牵个线，早日招安谋个出身。而那李师师却相中了浪子燕青，宋江便想借此机会提携燕青，一者可让燕青找李师师在皇帝面前多说些好话，让朝廷早日下旨招安；二者燕青与副寨主卢俊义情同父子，提携燕青便可交好卢俊义；三者可借机垄断山寨大权，好顺利接受朝廷招安。便找到卢俊义说："燕青忠义，才貌俊秀，我看他做兵马大元帅最合适。"卢俊义听了心中窃喜，但转念一想，又皱着眉头说："多谢哥哥抬爱，可惜燕青自幼跟我为仆，却不曾读过书，只学历这一条须通不过。"宋江摆摆手说："这个无须员外多虑，我已密令玉臂将金大坚和圣手书生萧让给燕青做了个东京大学博士学位证书。"卢俊义感激不尽，遂投桃报李，说："令弟铁扇子宋清的事就包在小弟身上。"

转瞬一月期满，众位参加竞聘的头领的资料也都递上来了。宋江、卢俊义、吴用、公孙胜当然是评委。宋江先说看资料燕青堪任大元帅，卢俊义马上说，宋江哥哥在郓城当押司期间公务繁忙顾不及家里的事情，宋太公曾送宋清到爪哇国炮术学院专习火炮，俺看宋清可任炮军都总管。吴用原本是跟了晁盖的，晁盖死后只好寄人篱下，现在生怕自己这帮劫生辰纲的兄弟失了势，但又苦于阮氏三雄和赤发鬼刘唐相貌丑陋，情急之下，只好抬出白胜。于是，吴用也拿出一个锦袋说："这是白日鼠白胜的资料，我在石碣大学当教授期间，白胜是我的学生，品学兼优，有硕士学位，他任步军都总管最合适不过了。"宋江和卢俊义皆已得了利益，好事不能全占了，也就无话可说。这时公孙胜慢条斯理地说："神行太保戴宗在江州大牢当节级时曾带职在江州皇家讲武堂水兵科研究生班进修，水军都总管一职非他莫属。"原来戴宗当年与李逵到公孙胜家请他破高唐州擒高廉时，李逵曾斧劈其师傅罗真人，吓倒其母亲，都是戴宗从中斡旋，才使公孙胜不致丢尽脸面，心中一直感激戴宗，这次竞聘，戴宗又携三千两银子求他通融，驳不开情面，是以举荐戴宗。公孙胜知道戴宗向与宋江、吴用等人交厚，在山寨也极有人缘，就是不看他送来的三千两银子也会替他说话。宋江、吴用等也乐的做个顺水人情，因此，也一致通过。

看看只剩下马军都总管一职尚未确定人选，宋江从怀里拿出一封书信，对大家说："原本从林冲、关胜、呼延灼等人中选一个任马军都总管已是屈才了，可一丈青扈三娘的哥哥扈成现在当上了禁军统领，是皇帝身边的红人，他不知怎地知道了俺山寨竞聘之事，让人捎来书信，让提携他的妹子扈三娘，俺们日后招安少不得要请扈成帮忙，得罪不得，就让扈三娘当这个马军都总管罢。"众人均已各遂所愿，且都知道这个扈三娘又是宋江的义妹，因此也没有异议。

翌日，竞聘揭晓，燕青任梁山军兵马大元帅，扈三娘、白胜、戴宗、宋清分任马军、步军、水军、炮军都总管。为了安慰林冲等人，只给他们又加了一个上将军的虚衔，准备择吉日隆重举行就职典礼。

榜文贴出后，众头领尽皆心中不平，花和尚鲁智深大叫："洒家还不如回五台山去，也胜似在此空受这般鸟气！"李逵一把将榜文扯得粉碎，一板斧砍倒了杏黄旗，跳到忠义堂大闹散伙。林冲、呼延灼、关胜等人也纷纷提出辞职。宋江看闹得如此尴尬，只好与一班常委商议，宣布这次竞聘无效，以后再议。

只有金大坚和萧让偷着乐。虽说竞聘最后变成了一场闹剧，反正自己的腰包是鼓胀起来了，二人喜滋滋地逢人便打听：下次何时还要竞聘？

水泊梁山排座次

话说水泊梁山一百单八将聚齐后，寨主宋江一心想要招安，可山寨的不少头领却不同意，李逵那厮竟把"替天行道"杏黄大旗砍倒，阮小七更是倒换朝廷御酒，几番坏了招安大事。没奈何，宋江只好把副寨主玉麒麟卢俊义、军师智多星吴用请来商议。

吴用看宋江眉头紧锁，便问："大哥因何事烦恼？"

宋江说："想俺宋江原是郓城卑微小吏，承蒙各位兄弟抬爱，推我为梁山之主，弟兄们东拼西杀，如今直干出偌大的事业。落草为寇非俺本意，如能早日招安，众弟兄好歹也落得个光宗耀祖，封妻荫子，只是众弟兄有的与朝廷积怨太深，影响招安大事。"

吴用不愧为智多星，眉头一皱，计上心来："何不把梁山兄弟重新再排一下座次？"

宋江听罢头摇得跟拨浪鼓似的："不可不可，众弟兄早已经分定座次，怎能更改？"

吴用咧嘴一笑，说："小弟自有办法，先议定了座次再做计较。"

三人计议了半晌，吴用说道："小弟看俺兄弟总有一百单八员，却好分为两拨，一拨为三十六天罡，此为梁山的核心，另一拨为七十二地煞，只要把三十六天罡调配好了，哥哥如想招安，还怕事不成么。"

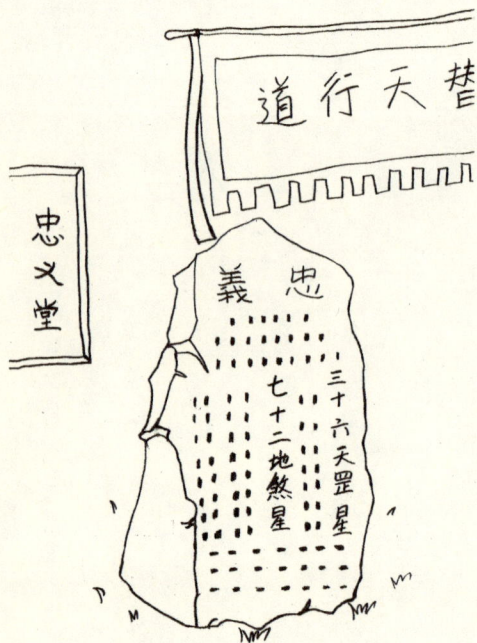

宋江、卢俊义、吴用当然要坐前三把交椅了，入云龙公孙胜是山寨的副军师，就坐了第四位。豹子头林冲是梁山的第一功臣，不是他火并王伦哪里有水泊今天，而且林冲武艺高强，多次征战，屡立战功，奈何他却与太尉高俅不共戴天，一直反对招安。大刀关胜虽然到山寨时间不长，但他原为朝廷上将，又是名门之后，且素怀忠义，赞同招安，便议定关胜排在第五位，让林冲排在了第六位。花和尚鲁智深与林冲最好，为防止鲁智深与林冲联手，便让霹雳火秦明、双鞭呼延灼、小李广花荣等朝廷旧将分别排在第七、八、九位，小旋风柴进原本就是贵族，并利用其特殊身份保护过梁山的多位头领，就排在第十位。大地主扑天雕李应根本就不想上梁山，是被宋江等人骗上山的，巴不得招安呢，排在第十一位。美髯公朱仝曾救过宋江、吴用等人的性命，为了感恩让他排在了第十二位。鲁智深刚直勇猛，也曾给山寨立过大功，还与九纹龙史进那一拨人交厚，不敢再向后排了，否则惹恼了那花和尚肯定难以收场，第十三位已经是屈尊了。行者武松与宋江本来关系很不一般，虽然打虎英雄名扬天下，可他杀人太多，也是招安的一大障碍，但让他排在鲁智深后面也使他无话可说。双枪将董平、没羽箭张清、青面兽杨志、金枪手徐宁、急先锋索超分别排在第十五、十六、十七、十八、十九位。杨志武艺精熟，原是朝廷制使官，又是杨令公之后，原本位置应该靠前，但吴用几个曾用蒙汗药把他麻翻夺走了生辰纲，逼得杨志不仅丢了官，还差点上吊自杀，后到二龙山落草，杨志对此一直耿耿于怀，在二龙山时他与鲁智深、武松同为头领，而且还有林冲的徒弟操刀鬼曹正、武松的徒弟金眼彪施恩以及母夜叉孙二娘、菜园子张青等小头领，是一股不可小觑的势力，因此吴用也不敢让杨志得势。神行太保戴宗、黑旋风李逵是宋江的死党，宋江在江州坐牢时，这二人没少照顾宋江，戴宗还被连累得也蹲了大牢，李逵虽然经常违反宋江的军令，但他是死心塌地跟随宋江的，还口口声声说："俺这颗黑头就是为宋哥哥长的，哥哥何时想要就拿去"，其实就是宋江的打手，他们俩的位置也不错，分别排在第二十和二十二位。

吴用自从天王晁盖死后，就只好跟着宋江，但劫生辰纲的那班弟兄就是他的政治资本，可惜白日鼠白胜不堪大用，又曾当过叛徒，只能放弃白胜，极力去抬举赤发鬼刘唐、立地太岁阮小二、短命二郎阮小五、活阎罗阮小七，分别排在第二十一、二十七、二十九、三十一位。揭阳镇和揭阳岭的强盗没遮拦穆弘、混江龙李俊、船火儿张横、浪里白条张顺与宋江的交情也都不错，就排在了第二十四、二十六、二十八、三十位。宋江提议把史进排在第二十三位，一则为了照顾鲁智深的情绪，二则他从少华山还带来了神机军师朱武、白花蛇杨春、跳涧虎陈达，可以借此笼络史进等人。插翅虎雷横按说也是宋江和吴用的恩人，但雷横为人贪婪，虽做了好事，却也索要了不少好处，让他坐第二十五把交椅已经是照顾他了。

宋江、吴用把自己的亲信、朋友、恩人都安排完了，怎么着也要照顾副寨主卢俊义的情面，可卢俊义苦于身边没人，只带出来一个仆人浪子燕青，排在天罡末位已经牵强了，好在拼命三郎石秀曾拼命救过卢俊义，还蹲过大名府的大牢，为卢俊义差点把命送了，也算卢俊义的恩人了，便让石秀坐了第三十三把交椅，石秀的把兄病关索杨雄也跟着沾光，坐了第三十二把交椅，总算让卢俊义面子上也过得去。

天罡群里不是亲信，就是朝廷旧将，为了掩人耳目，不让其他头领说三道四，总也要安置两个出身低微，苦大仇深的，猎户两头蛇解珍、双尾蝎解宝两兄弟就占了大便宜，以农民代表的身份进了核心领导层，分别排在第三十四、三十五位。

病尉迟孙立是最郁闷的了，他本是登州兵马提辖，还带出了小尉迟孙新、母大虫顾大嫂、出林龙邹渊、独角龙邹润、铁叫子乐和以及解珍、解宝兄弟，可以说他是人数最多的一股势力，还为攻打祝家庄立过汗马功劳，但水泊梁山是义字当先，可他竟连自己的师兄栾廷玉都黑，一点义气都不讲，最后反倒不如两个兄弟，连天罡都没进。

天罡排定座次，地煞就简单多了，很快也都安排好了位置。

一百单八人全部排定了座次，吴用暗地派心腹把名录刻在一块石碑上，连夜悄悄埋在忠义堂门前地下，又重金买通了著名道士何玄通。

第二天，水泊梁山请众道士做道场，祭奠晁盖，何玄通煞有介事地带着道士在忠义堂门前"无意之中"挖出一块石碑，上面竟刻着梁山一百单八人的名讳，分三十六天罡星和七十二地煞星，而且还按顺序排定了座次。宋江带着众头领看罢，说："鄙猥小吏原来上应星魁，众多弟兄也原来都是一会之人。上天显应，合当聚义。今已数足，分定次序，众头领各守其位，各休争执，不可逆了天言。"众头领均以为天意，皆不敢违拗。

宋江等人牢牢控制了梁山的领导权，最终顺利实现了招安。

宋江弄权

　　宋江生得面黑身矮，在山东济州郓城县当押司，只不过是地位卑微的文案小吏，并无任何权势。宋家是个大地主，广有钱财，宋江平时只好结识江湖上的好汉，但有急需银两的，宋江并不吝啬，总要资助救急，时间久了，别看宋江相貌不佳，又没十分本事，却也得了个"及时雨"的诨名。

　　郓城县治下有个东溪村，村里的保正晁盖是个富户，最爱刺枪使棒，膂力过人，曾力举青石宝塔，人都呼之为托塔天王，亦是一霸，宋江与之结交甚厚。后晁盖一伙劫了大名府梁中书送给丈人当朝太师蔡京的十万贯生辰纲，被济州府缉拿，宋江利用职务便利向晁盖通风报信，晁盖等人杀了前来缉捕的官军，啸聚水泊梁山。

　　后来晁盖当了梁山寨主，感激宋江救命之恩，多次邀宋江上山，宋江因看不起他们落草为寇，均借故推辞，晁盖便经常派人下山送给宋江一些金银使用。此后宋江又与阎婆惜勾连上了，那阎婆惜原是看宋江有钱，日月久了，就嫌宋江嘴脸丑陋，拿着宋江与梁山交往的书信要去告官，宋江一怒之下杀了阎婆惜，为躲避官府缉捕，从此流落江湖。

　　按说宋江同晁盖交厚，直接上梁山足可以避难。但宋江却认为此时不是最佳时机，一则落难投奔不仅不会

被重用，还要搭上偌大一个人情；二则山上没有自己的亲信心腹，去了也只能寄人篱下。有了这些想法，宋江便开始借逃亡之际笼络自己的势力，他先去拜访了小旋风柴进，他是大周皇帝的嫡派玄孙，连大宋朝廷也让三分。在柴进庄园结识了行者武松，随后他又到白虎山拉住他的两个徒弟——毛头星孔明、独火星孔亮，再到清风寨交际小李广花荣，顺便收容了锦毛虎燕顺、矮脚虎王英、白面郎君郑天寿三个强盗，驯服了青州霹雳火秦明、镇三山黄信师徒，收编了对影山的小温侯吕方、赛仁贵郭盛，还捎带上了石将军石勇。宋江看政治资本已经捞足，这才准备上梁山，没想到此时却收到弟弟铁扇子宋清的书信，称父亲宋太公病故，宋江无奈只好写信先介绍花荣、秦明等九人上山卧底，自己急急回家奔丧。

宋江回家后，才知道宋太公没死，只是骗他回来等待朝廷大赦，宋江后悔不迭，埋怨父亲迂腐，弟弟不谙世事，但已经无法挽回。当晚，宋江被捕，脊杖二十，刺配江州。宋太公贿赂押送公人许多银两，让他们一路关照宋江。

宋江刺配江州，正好路过梁山脚下，晁盖派刘唐将宋江劫上山寨。宋江想自己原本可以带着许多人马风风光光地上山，如今如此狼狈，且自己介绍上山的花荣等人还未站稳脚跟，此时上山对自己今后的发展很不利，便百般推辞，必须先到江州服刑完了再做计较。

晁盖等人苦留不住宋江，只有放其下山到江州服刑。一路上，宋江广泛交际，揭阳岭的催命判官李立、扬子江的混江龙李俊、出洞蛟童威、翻江蜃童猛、船火儿张横、揭阳镇的没遮拦穆弘、小遮拦穆春、卖药的病大虫薛永、江州牢城的神行太保戴宗、黑旋风李逵、浔阳江的浪里白条张顺等一众好汉都被宋江收入麾下。宋江好不得意，终日与戴宗、张顺、李逵等饮酒作乐。

得意总有忘形时。这日宋江独自到浔阳楼饮酒，吃得醉了，想着自己虽然是文面小吏，也曾受尽磨难，如今竟有许多英雄豪杰肯依附自己，早晚会成就一番事业，乘着酒劲，诗兴大发，在白粉壁上题诗一首：

> 自幼曾攻经史，
> 长成亦有权谋。
> 恰如猛虎卧荒丘，
> 潜伏爪牙忍受。

> 不幸刺文双颊，
>
> 那堪配在江州。
>
> 他年若得报冤仇，
>
> 血染浔阳江口。

宋江写罢，更自狂荡，又写了四句诗：

> 心在山东身在吴，
>
> 飘蓬江海谩嗟吁。
>
> 他时若遂凌云志，
>
> 敢笑黄巢不丈夫！

这诗后被定为反诗，宋江被打得皮开肉绽，押进死囚牢，在江州市曹问斩。晁盖率梁山好汉劫了法场，张顺又带一拨弟兄们救援，然后一同上了梁山，沿途还收编了准备去救宋江的黄门山的摩云金翅欧鹏、神算子蒋敬、铁笛仙马麟、九尾龟陶宗旺四条好汉，薛永又带来了他的徒弟通臂猿侯健。此时水泊梁山共有四十位头领，而宋江加上他介绍或直接带上山的就有二十六位，已经超过了半数，因此，寸功未立的宋江上山后就坐上了第二把交椅。

宋江上山后办的第一件事就是攻取祝家庄。祝家庄有约两万户人家，并与邻近的李家庄、扈家庄订立盟约，互为掎角，兵精粮足。病关索杨雄、拼命三郎石秀、鼓上蚤时迁投奔梁山，路过祝家庄的一家酒店，因时迁偷吃了店里的报晓鸡发生争斗，石秀烧了祝家酒店，时迁却被祝家抓住，杨雄、石秀狼狈上山。晁盖嫌他们坏了梁山的名声，要杀杨、石二人，宋江极力劝阻，并一定要亲自领军洗荡祝家庄。宋江此举不仅笼络人心，还可以将扑天雕李应请上山，进一步扩充自己的势力，关键是这也是梁山军第一次主动下山攻取村镇，意义重大，打赢了就能提高宋江在梁山的地位和影响力。本着这个目的，宋江在拣选随他出征的头领时也煞费苦心，晁盖的嫡系头领一个都没用，绝大部分是跟着宋江上山的。这一战不仅让梁山得了三五年吃不尽的粮食，又带上山十二位头领。

攻取祝家庄使宋江的威望大增，从此以后，晁盖几乎就再没有下过山，每每征战都是宋江领军，晁盖只有给宋江庆功的份儿了，此时的宋江可谓威风八面，逐步就把晁盖架空了。攻打高唐州，柴进和金钱豹子汤隆上山；大破连环马，收服双鞭呼延灼、金枪将徐宁、百胜将韩滔、天目将彭玘、轰天雷凌振；攻打青州，纠集白虎山、桃花山、二龙山的鲁智深、武松、杨志等十一位头领投拜；智取华州，收编少华山的九纹龙史进、神机军师朱武、跳涧虎陈达、白花蛇杨春；打掉芒砀山，降服混世魔王樊瑞、八臂哪吒项充、飞天大圣李衮。晁盖看宋江的势力急速膨胀，就连与他一同上山的吴用也逐渐倒向了宋江，心中也十分郁闷，但他每次要领军下山，都被宋江以"哥哥是山寨之主，不可轻动"为由阻止。

及至攻打曾头市，晁盖再也坐不住了，全然不顾宋江的阻拦。哪知晁盖时运不济，竟中了史文恭的毒箭，弥留之际，晁盖并没有把寨主之位交给宋江，而是留下遗训：谁捉住史文恭，便教他做梁山泊主。宋江只能暂时代理寨主，此后，又领军攻取大名府，救出玉麒麟卢俊义、收服大刀关胜、急先锋索超、丑郡马宣赞、井木犴郝思文、圣水将军单圭廷、神火将军魏定国。

但要想修成正果当上寨主，就必须捉住史文恭。宋江调集梁山军准备攻打曾头市，卢俊义提出要为前部先锋，吴用知道卢俊义英勇无敌，怕他立了头功，说："员外初到山寨，未经征战，山岭崎岖，乘马不便，不可为先锋。"让卢俊义带着浪子燕青去平川埋伏，只给了他五百步军，而宋江却带着二十八位头领两万多马步军进攻曾头市，宋江料定史文恭逃不出他的手心，可史文恭那厮竟撞出他精心编织的大网，倒被闲得发急的卢俊义逮个正着，一朴刀将史文恭搠下马来绑了押回梁山。

众头领回到山寨，将史文恭那厮剖腹剜心祭奠晁盖，商议立梁山泊之主。宋江心中此时倍感失落，只得说："向者晁天王遗言，但有提得史文恭者即为梁山泊主，今日员外生擒此贼，合当为尊。"宋江话音未落，吴用说道："兄长为尊，卢员外为次，众人皆伏，否则恐冷了兄弟们的心。"说完，向四周频使眼色。武松见了上前叫道："哥哥手下许多军官都是受过朝廷诰命的，只让哥哥，如何肯从别人！"刘唐也道："我们起初上山便有让哥哥为尊之意，今日却让后来人？"李逵、鲁智深等也纷纷闹将起来。卢俊义看了慌忙扶住宋江："小弟德薄才疏，怎敢承当此位？卢某宁死，实难从命！"卢俊义把宋江搀扶着送到第一把金交椅前，宋江半推半就也就坐了。

宋江如愿以偿做了梁山泊寨主，最后聚集得一百单八将，直做出一份天大的事业来。

卢俊义的黄粱梦

卢俊义乃大名府人氏，生得仪表堂堂，更兼学得一身武艺，惯使一条棍棒，天下无对，人送绰号"玉麒麟"。

卢俊义是大名府有名的富豪，家有钱财无数，仅是管账的仆人就有四五十人，视金银如粪土，把珠宝当瓦砾，终日花天酒地，可卢俊义却并不觉得快乐。原来卢俊义家里虽然富足，却没有丝毫的社会地位，不论是衙门里的捕头，还是巡街的兵勇，都盯着他的钱财，今日来要赞助，明天又让捐款，就是街头的小混混也敢到他府上蹭吃蹭喝，卢俊义虽然有钱，却奈何不得他们，看看自己已经三十二岁了，却一事无成，是以烦闷。

晁盖等人聚集在水泊梁山后，一直声言要来攻打大名府，府尹借机讹诈卢俊义，加固城墙、添置军械都找卢俊义资助，后来晁盖因在攻打曾头市阵亡，打大名府的事也就暂时搁下了，而那些金银却都进了府尹的腰包，卢俊义敢怒却不敢言。

卢俊义看官府惧怕梁山好汉，心想那梁山上不过是一群草寇，有甚本领，俺视那伙强贼如同草芥，如今晁盖刚死，宋江临时代理寨主，人心不稳，不如前去将这伙贼人都捉了，把俺平生学成的本事显扬于天下，也可乘机向朝廷博个功名，看以后谁还敢欺辱俺！

这卢俊义自以为自己无人匹敌，也真把宋江等人看得轻了，便聚集了五七十个精壮的家人，让贴身心腹浪子燕青带着，准备了几辆车子，带足了捆人的麻绳，与他一同去梁山捉拿宋江等人。

那些家人听说竟要去打梁山，吓得一个个面面相觑，不敢随行，哀求卢俊义："那梁山有千军万马，官军几番都攻打不下，似这般几个人去，无非羊入虎口，主人可怜见俺众人，留下这条命罢。"卢俊义豪情万丈，喝道："你等懂得甚么，宋江这等燕雀，安敢和鸿鹄斯并，我直一棒一个搠翻了，你们众人只管与我绑缚在车子上，把贼首解上京师请功受赏，却也少不得你们的好处！"又让家人在车子上插了两面旗子，一书"剿灭梁山擒草寇"，另一面写着"荡平水泊捉宋江"。众家人叫苦不迭，只得战战兢兢跟着。

卢俊义到了水泊梁山，宋江等人知道"玉麒麟"的威名，并不敢轻敌，知道单打独斗不是卢俊义的敌手，便用起了车轮战法，黑旋风李逵、花和尚鲁智深、赤发鬼刘唐、没遮拦穆弘、扑天雕李应、美髯公朱仝、插翅虎雷横等好汉轮番与卢俊义争斗，均抵敌不住卢俊义那根神出鬼没的棍棒，宋江看卢俊义如此英勇，就想将卢俊义收伏，以壮梁山声威。此时小李广花荣看梁山好汉竟一个个败下阵来，叫道："一个土财主竟把俺梁山搅闹得这般凄惨，以后梁山好汉还如何在江湖上厮混？"说罢拈弓搭箭，觑着卢俊义面门便射，宋江看见，慌忙阻拦，花荣箭头一偏，却射掉了卢俊义帽子上的红缨子，卢俊义吓得大惊失色。

宋江传下号令，不准伤害卢俊义性命，只许抓活的。豹子头林冲、双鞭呼延灼听了，率军冲击，直把卢俊义逼进了水里。那卢俊义却不会凫水，被混江龙李俊、浪里白条张顺活擒。

宋江看捉了卢俊义，忙说："卢员外名扬宇宙，目今晁天王新亡，山寨无主，如蒙不弃，就请员外为山寨之主。"卢俊义听了大喜，心想这伙人非同一般，说不定也会做出一番大事业来，既能当这伙人的领导，何乐而不为呢？便满口应承，说道："承蒙各位英雄抬爱，卢某定然不负厚望。"

宋江本是虚让一让，为的是糊弄卢俊义上山，没想到卢俊义竟当了真，一时尴尬无语。李逵却早聒噪起来："哥哥若让别人做山寨之主，我便杀将起来！"武松也高叫："哥哥只管让来让去，让得弟兄们心肠冷了！"宋江假意喝阻，智多星吴用已经看出端倪，便出来圆场："晁天王是被曾头市史文恭那厮用箭射死的，大哥临死之前曾说谁捉得史文恭那厮报仇，谁就为山寨之主，不如去攻打曾头市，若员外拿得仇人，却再让位与他。"宋江、卢俊义均皆应允。

军师吴用调拨大军攻打曾头市，卢俊义急切要抢头功，便说："卢某上山，寸功未立，此番愿为前部先锋。"吴用已经领教了卢俊义的手段，怕他夺了头功，道："员外初到山寨，未经战阵，何况曾头市山岭崎岖，乘马不便，不可为前部先锋，请员外别引一支军马，到曾头市后面平川处埋伏，听得厮杀再引军接应。"卢俊义明知吴用使诈，却也没奈何，只得悻悻地领着五百小喽啰去了。

宋江带领大军围攻曾头市，曾头市兵马伤亡殆尽，那史文恭本领高强，看大势已去，竟单枪匹马从梁山军的包围圈里冲突出来，落荒而逃，却正撞上卢俊义，卢俊义不知来者何人，一棒将来人搠下马来，小喽啰上前绑缚了。卢俊义讯问得知此人竟是梁山仇敌史文恭，不禁大喜过望，以为梁山寨主非他莫属了。

宋江没想到卢俊义竟有如此好的运气，无奈有言在先，谁捉得史文恭就为山寨之主，只得让卢俊义来坐那第一把交椅，卢俊义喜滋滋地刚要去坐，还是吴用又出来替宋江解围："哥哥为尊，卢员外为次，皆人所伏，若是再三推让，恐冷了众人之心。"吴用说罢，向身边头领使了个眼色。

还是李逵挑头闹将起来："我在江州，舍身拼命，跟将你来，宋江哥哥只管让来让去假甚鸟！若再让，我便杀将起来。"刘唐也道："我们起初七个上山，那时便有让宋江哥哥为尊之意，如今却怎又让与后来人？"鲁智深赤膊敞怀，瞪着怪眼大叫："哥哥如若再让，洒家们却各自散伙！"卢俊义看场面无法控制，自己在山上又没甚心腹之人，只得放下当寨主的念头。

宋江知道卢俊义心中不服，为了安抚卢俊义，便说："梁山东面有两个州府，一是东平府，一为东昌府，我与卢员外各领一军去攻取两个州府，先攻下的便为梁山之主，如何？"此时也不由得卢俊义。为了公平，吴用写下两个阄儿，各拈一个，宋江拈着东平府，卢俊义拈着东昌府。

东平府守将是双枪将董平，众头领为保宋江登上寨主之位，人人奋勇，个个争先，不几日便打破东平府，生擒了董平。

再说卢俊义领军到东昌府，东昌府守将是没羽箭张清，那张清武艺也直平常，却有飞石打人的绝技。卢俊义围定东昌府，问哪位英雄前去搦战，大刀关胜说感冒尚未康复，双鞭呼延灼称拉肚子无法上阵，青面兽杨志用绷带缚着右边胳膊，说："理应为员外效命，无奈前日在梁山大酒店喝醉了酒，脚下无根，摔断了臂膀，使不得刀枪。"吴用也推说关节炎犯了，要休养几天，卢俊义没奈何，只得遣鼓上蚤时迁、白日鼠白胜等出阵，尽皆输了，连败数阵，只得请宋江的得胜之师前来增援，宋江领军赶到，几位有伤病的头领也已痊愈，不一日便打破东昌府，活捉了张清。

回到山寨，按约定，宋江先攻破州府，就为梁山之主，卢俊义当了第二把手，有名无权，只为梁山接受招安增添了与朝廷讨价还价的砝码。

孙二娘开店

　　话说水泊梁山一百零八位好汉聚义后，母夜叉孙二娘与菜园子张青夫妇按寨主宋江的吩咐，依旧操起了开酒店的老行当，但开店并不为赚钱，其实是以酒店做掩护，为山寨收集情报，接引前来山寨入伙的好汉，亏损了由山寨补贴。

　　斗转星移，水泊梁山越来越兴盛，前来投奔入伙的好汉络绎不绝，队伍越来越庞大，财政支出也越来越多。一日，掌管钱粮支出的神算子蒋敬禀告寨主宋江："山寨财政已入不敷出，出现赤字，如今军械无钱更新，城垣不能修葺，就连将士们的薪水都无法按时发放，如再不采取措施，坐吃山空，水泊梁山诸位好汉就只有散伙了。"

　　宋江听了，急忙召集副寨主卢俊义、军师吴用、副军师公孙胜等一班常委研究对策。议了一个通宵，寨主宋江最后拍板决定：紧缩银根，进行机构改革，划小核算单位，要求山寨从上到下都要转变观念，大力发展多种经营，令步军利用山寨闲置土地发展第一产业；马军发展畜牧业，贩卖耕牛驮马；水军兼营养殖业，经营鱼虾。就连孙二娘夫妇开的酒店也抽回亏损补贴，自主经营，自负盈亏。

　　孙二娘、张青夫妇这几年吃"大锅饭"人也变得懒散了，乍一让自己自负盈亏，还真有些不习惯，好在开酒店买卖他们是轻车熟路。为了生计，两口子起早贪黑，和面、拌馅儿，蒸的包子又白又大，烧的好酒又淳又香。可夫妇二人眼巴巴等了两天，竟没一个人来吃，又耐着性子等了几天，张青看仍未能发市，沉不住气了，便去找把兄弟武松商议。

　　武松听张青诉完苦哈哈大笑："想当年你夫妇二人在十字坡开店时，卖的是人肉包子和蒙汗药酒，就连俺武松也差点儿让你们给蒸吃了，就母夜叉的名声，谁敢来你这里吃酒？"张青听了叫苦不迭。武松安慰了张青几句，说："浪子燕青原在大名府，后又经常跟随宋江哥哥到东京汴梁走动，是见过大世面的，你可找他请教一二，或许能有所收获。"

张青要找燕青讨教酒店经营方略，少不得置办一桌丰盛的宴席，又请武松、李逵等山寨头领作陪，直喝得桌上杯盘狼藉，胃里翻江倒海，张青看大家已露醉态，便趁机向燕青请教如何经营好酒店，燕青听了拍拍胸脯，说："都是弟兄嘛，理应帮忙，明天宋江哥哥让俺去东京汴梁给李师师送书信，正好同去，顺便考察考察。"说完，燕青一面用竹签挑着牙缝，一面打着饱嗝走了。

第二天，燕青约上孙二娘和张青夫妇一同来到汴梁，送完书信，燕青便带着夫妇二人去那餐饮区、红灯区参观考察，只见那一幢幢酒楼甚是豪华气派，酒幌高挑，门口站着浓妆艳抹的迎宾小姐，里面高朋满座，猜拳行令的、唱曲儿的，闹得天翻地覆，煞是热闹。又来到酒吧，只见昏暗的烛光下，一对对男女搂肩搭背，在低沉悠扬的乐曲声中翩翩起舞。再来到灯红酒绿的娱乐城，眼见得一个个妙龄少女钻在那些"款爷"的怀里打情骂俏。孙二娘夫妇看了一遭，眼都呆了，心下思忖："俺的酒店要有这般光景，岂不是发了？"

回到梁山泊，孙二娘便找神算子蒋敬借了五万两银子，投入巨资建起了青州食府、金沙滩娱乐城、水泊桑拿洗浴中心、石碣村酒吧，尽皆是豪华装修，起名叫十字坡度假村。招募了十几名年方二八的女孩子，请铁叫子乐和教授她们歌舞，又请燕青帮忙，让李师师从东京汴梁介绍来几位泰国松骨踏背按摩师，来了个吃喝玩乐一条龙服务。

想那山寨的诸位头领和小校喽啰平日里除却操练战阵，就是赌博醮酒，业余生活极其贫乏，哪里见过这等快活去处，加上那些美艳的女郎整天价在那里搔首弄姿，魂早被勾了去，稍有空暇，便往那十字坡度假村钻，真个是日日饮筵，夜夜笙歌，把个孙二娘喜得嘴都笑歪了，忙得连数钱的工夫都没有。只因十字坡度假村依山傍水，又有梁山水泊的自然风光，空气也新鲜，特别是水泊梁山英雄聚集，连官军都不敢正眼瞧他们，谁敢在这里滋事，绝对安全，招引得东京汴梁的达官贵人们也纷纷来这里休闲消遣。孙二娘日进斗金，很快便成了水泊首富。

燕青挖炭

话说浪子燕青在水泊梁山当上步军头领后，日子过得倒也逍遥自在。大伙知道他与副寨主卢俊义的关系非同小可，都愿意与他结交亲近，以图日后提携。燕青也十分慷慨义气，凡与他交往的，不管是山寨头领，还是小校喽啰，都是一般看待，五日一小宴，十天一大宴，终日同一班兄弟们饮酒快活。

但自从与名妓李师师勾连上后，燕青的酒性也戒了大半，经常悄悄下山去寻那烟花女子幽会，今日捧上金珠，明天送去锦缎，只为买笑求欢，花钱真个如流水一般。燕青当步军头领每月只有一千多两俸银，哪禁得住如此花销？没奈何，只得拉下面皮去找黑旋风李逵等一班朋友借债，日子久了，一头是李师师的胃口越来越大，一头是李逵等人上门逼债，把个燕青弄得焦头烂额。

一日，燕青刚把讨债的李逵打发走，心中不免焦躁，便想下山走走，散散心。他

"石炭归山寨所有
不许私自挖掘
……
偷向山寨缴的章程
费，资源费"

辗转来到西山下，先到菜园子张青和母夜叉孙二娘夫妇的酒店吃了几碗酒，心中愈发郁闷。辞了张青夫妇，燕青又闲逛到金沙滩，远远几个推车的汉子，看燕青走来，都慌慌张张绕道而行，燕青看得蹊跷，便大步流星赶上去，劈手揪住一人的后脖领，喝道："哪里来的不懂事的山野村夫，见了俺也不打个问讯，为何却只管躲着俺走？"那汉子惶恐答道："非是小人不懂礼数。小人们是附近的农夫，只为家境贫寒，见梁山中有石炭，便与乡邻们胡乱挖些运到东京汴梁贩卖，以补家用，因未曾得到山寨允许，怕头领发现责骂，故此躲避，头领休怪。"

燕青听得山寨附近竟产石炭，眼前登时一亮，便邀那汉子一同去看挖石炭处。那汉子引燕青转过一个山坡，果然看到一个山洞，其中石炭如墨，燕青分明看到那是一堆金子在闪闪发光。他对汉子说："石炭归山寨所有，不能私自挖掘，如要挖掘，须向山寨缴纳管理费、资源费。山寨命我掌管此事，你回去对乡邻们招呼一声，今后须缴了应有费用才能进山挖炭。"那汉子应允照办。

此后，燕青按月到那些挖石炭的农夫处收取管理费和资源补偿费，每月也能对付一千多两银子。后来，他觉得这样赚钱太慢不痛快，索性开了一家石炭货栈，命部下小喽啰轮班去挖石炭，直接运到东京贩卖，果然获利丰厚，除了奖赏小喽啰，每月竟能余下上万两银子。燕青再也不用为银子发愁，还经常亲自押送石炭到东京与李师师厮混，出手更加阔绰大方，又在东京造了一处高级别墅，与李师师居住，另选了几名绝色美女送给寨主宋江，买了一批古玩分别送与副寨主卢俊义、军师吴用等头领，还选购了一批新式的锦袍衣甲和刀枪剑戟。一次，山寨点验步军，唯独燕青的部队装备精良，衣甲整齐，旌旗鲜明，山寨领导班子对燕青大加褒扬，除奖励白银五千两、宝马一匹外，还授予锦旗一面，上书"治军有方"。山寨的众头领均钦羡不已。

在山寨四周开哨探酒店的孙新、顾大嫂、朱贵、杜兴、李立、王定六等头领看挖石炭有如此大的利润，也纷纷效法。一时间，山寨周围都挖起了石炭，弄得到处都是窟窿，这些头领也很快暴富，独瞒着山上的头领。

一日，寨主宋江升坐忠义堂召集众头领议事，监筑城垣的九尾龟陶宗旺火速来报，山寨城墙不知何故，塌了一角；水军头领混江龙李俊、浪里白条张顺也称水泊水位越来越浅，船不能行；马军头领也纷纷反映山上草木荒芜，无处放马。

宋江听了大惊，急令铁面孔目裴宣率铁臂膊蔡福、一枝花蔡庆查清原因。

裴宣等人领命下山，不过旬日便查清原因上山回报，却原来是山下的头领过度挖掘石炭，有的已经挖到山寨城下，致使城垣塌陷，由此还破坏了生态环境，造成水土流失，水位下降，草木荒芜。并禀称起头的便是燕青，请求严肃查办。

宋江听了踌躇半晌，寻思燕青与副寨主卢俊义情同父子，要严办燕青恐怕卢俊义的面上过不去，况且他又送来美女珠宝，也不能辜负了他一片孝心。想到这里，便说："燕青违犯寨规军纪，按理当斩，但念其虽谋私利，却也没有忘了公务，也曾杀敌立功，还自费给步军购置衣甲、器械，为山寨军队建设出过力，可从轻发落，记大过一次，下不为例。"山寨的头领大多得过燕青的好处，本待要替燕青求情，看宋江如此说，均称赞寨主处罚得当。而对孙新、李立等人，诸位头领均恶其吝啬，赚了钱却变成铁公鸡，从不肯给兄弟们半点儿好处，定要严办，以儆效尤。议定每人各打一百脊杖，罚银一万两，降为小校使用。

且说燕青感念众兄弟们通融的好处，便选一个月明风清之夜宴请诸位头领，唱歌跳舞，饮酒桑拿，直闹了一个通宵，临走，燕青又每人给了一个大大的红包。自此，谁也不再提他们违禁之事，燕青等人也更加有恃无恐，依然挖掘贩卖石炭，众头领睁一只眼闭一只眼，只装作不知。

日复一日，水泊梁山的环境日趋恶化，水不没膝，马无草食，城垣坍塌。太尉高俅得到探马报来的消息大喜过望，火速调集军马围剿梁山，那梁山军全无斗志，又没了天险屏障，被高俅攻破山寨，荡平水泊，梁山军头领大部分战死，宋江只得领着残余的几位头领接受招安，也先后被高俅设计害死。从此，昏庸的宋朝朝廷不再以梁山为患。

蒋敬管库

蒋敬原本是个落科举子出身，不仅枪棒弓马娴熟，还精通书算，积万累千，纤毫不差，人送绰号神算子。

话说蒋敬在水泊梁山入伙后，当上了专掌管山寨钱粮收支的头领，整日价坐在办公室里，晒不着，淋不着，大小头领要支出钱粮时，蒋敬总是以最近工作忙为由搪塞一下，拖延一些时日，众头领也都理会，少不得摆桌酒筵，或是塞个红包。虽说工资不高，可不经战阵，没有风险，也落得个逍遥自在。

时间久了，蒋敬心中就有些不平衡了。那些马步水军头领每次厮杀回来，从没见折损了一个，而且还能立功受奖，弄了许多战利品不说，还得了那么多奖金。自己当了个管仓库的小头目，领着一帮小喽啰，侍候着那些并不属于自己的金银和粮食，不说劳神费力，铁面孔目裴宣还经常带着那两个凶神恶煞似的刽子手铁臂膊蔡福和一枝花蔡庆到库房巡视查账，弄得蒋敬整日精神紧张，生怕出半点差错，可每个月的俸银只不过几百两，与山寨其他头领的出手阔绰比起来，蒋敬经常因囊中羞涩，寒酸得无地自容。思来想去，蒋敬觉得自己太亏了。

自从采购军粮去了趟东京汴梁，蒋敬才知道世上还有一种能生钱的叫做股票的东西，蒋敬用购军粮剩余的银子也学着炒起了股票，没想到一转手就赚了几百两银子。蒋敬看炒股票赚钱如此容易，便想何不悄悄挪用公家的银子去炒股票，赚了钱再补上，神不知鬼不觉，岂不快哉！

随后，蒋敬就利用职务上的便利，在账本上做了些手脚，从公款中拿出五十万两银子去炒股。此后的蒋敬再没有了以前的穷酸样，吃的是山珍海味，穿的是绫罗绸缎，还在东京汴梁又造了一处豪华别墅，另娶了一房外室，包起了"二奶"，日子过得好不快活。

　　然而好景不长，人们都风传宋朝皇帝已经下决心要倾全国之兵剿灭水泊梁山，太尉高俅正在征调各州兵马和战船，后来辽国从北来犯，方腊又在南方起义，闹得人心惶惶。朝廷无奈，只好分调兵马，高俅领军北上迎击辽国军队，枢密使童贯南下镇压方腊义军，攻取梁山的打算只得作罢。梁山虽说暂时避免了一场厮杀，但也引起股市动荡，一下子跌到了历史最低点，蒋敬手中的股票，有的割肉清仓，低价抛出，有的被套牢，直如废纸一般，挪用山寨的五十万两银子只收回不到十万两。蒋敬本想炒股赚了钱再把挪用山寨的银子补上，不曾想反倒蚀了本钱，怎样向山寨交代？如果让寨主宋江等人知道了，不说管库头领的位置保不住，闹不好脑袋都要搬家！蒋敬夜不能寐，食不知味，思来想去，只有铤而走险，再搏一把了！

　　蒋敬把各种账目都整理藏到一个隐秘处，然后又给小校喽啰交代一番，称近几日要离开山寨办些急事，让小校喽啰各要尽心尽力照料，休要出了差错。当夜，蒋敬带着两个亲近的小喽啰携一百万两银子悄悄乘船到了爪哇国，住进了最大最豪华的赌城，想靠赌博赢回炒股亏掉的银子，一夜豪赌，蒋敬运气颇佳，居然赢了50万两银子。两个小喽啰劝他就此罢手，赶紧回去。蒋敬听了把头摇得就像拨浪鼓："你们没见我已经时来运转？我的手气正旺，不趁势再捞一把那才是傻瓜呢！"

　　蒋敬不听劝阻，一心沉沦于赌城，短短三天就把带去的银子输得一干二净。此时的蒋敬全没了赌赢时的意气风发，他思来想去不敢回去，就同两个心腹小喽啰商议不如向官府投降算了，两个小喽啰劝他说："官府怕的是梁山众弟兄，如今咱们并无一兵一卒，就是跟了官府也不会受到重用，说不定哪天又落到梁山弟兄手里，弄个死无葬身之地，不如先回山寨，想个万全之策，看怎样逃过这一劫。"蒋敬听他们说得也有道理，便又潜回梁山，所幸无人发现蒋敬的所作所为。

　　却说蒋敬心怀鬼胎，整日苦思冥想应对之策。这一日，蒋敬坐在火炉旁，一边喝着闷酒，一边想着心事，忽然一块炭火从火炉里掉了出来，差点儿把他的裤子烧着。蒋敬看着炭火，心中突然一亮，赶紧把两个心腹找来，三人经过一番密谋，那两个心腹喜滋滋地走了。

　　蒋敬手下有一小校叫张保，此人素来贪小便宜，他不知怎地对蒋敬的事也掌握了一二，就经常以此敲蒋敬的竹杠，向蒋敬索要好处，如得不到满足就以向山寨报告相威胁，蒋敬是敢怒而不敢言，少不得今天给五两，明天拿十两地敷衍他。这一天，张保喝得醉醺醺地又来找蒋敬要钱，蒋敬怒从心头起，恶向胆边生，把张保打得半死，关进牢房。

当夜，月黑风高，伸手不见五指，梁山库房附近突然钻出两个人来，他们先把哨兵刺死，再将守库喽啰营房的房门锁住，然后在库房里点了几把火，那库房原本都是草木造就，遇火就着，很快大火就吞噬了整个库房，营房里守库的喽啰要出来救火，门被从外面锁住，等他们砸烂窗户冲出营房，看到蒋敬带着两个人正在拼命救火，大火终于扑灭了，而存放有账本的蒋敬的办公室却化为灰烬，蒋敬也在救火中多处被烧伤。

寨主宋江闻知库房被焚，十分震怒，立即派铁面孔目裴宣对起火原因展开调查，很快查明是张保因违犯寨规受到头领蒋敬的责罚，遂纵火报复，张保已经畏罪跳山崖自杀。

蒋敬成了救火的英雄，在他住院治伤期间，寨主宋江率领山寨大小头领多次探望。蒋敬伤好后，山寨隆重召开表彰大会，授予蒋敬"救火英雄"称号，并奖励白银一万两。

随后，山寨拨款修葺库房，对库房钱物重新造册登记，蒋敬再也不用担忧了。

曹正卖肉

曹正祖代是东京汴梁屠户出身，其父因杀猪宰牛卖肉地位低下，人都看不起这个行当，一天累个半死，还挣不到几个钱，刚顾得个温饱，也就是落个油嘴子，其实并舍不得吃肉。曹正的父亲决心改换门庭。

不知费了多少周折，也不知费了多少口舌，曹父最终托人将曹正投托在东京八十万禁军枪棒教头林冲门下，当了徒弟。那林冲十八般武艺样样精通，绰号"豹子头"，在京城可谓无人不晓林冲的鼎鼎大名，见了林冲，谁不敬重三分！曹父心中欢喜，能够投托在林冲门下，曹家还愁成不了名门望族？

孰不知那曹正却是个扶不起的阿斗，挤不净的脓包，天生愚钝，根本就不是个练武的材料，林冲不厌其烦地教了一遍又一遍，可曹正怎么也学不会，把个豹子头气得七窍生烟，一怒之下，将曹正逐出师门，说："似这般徒弟，只会败坏俺的名声，还是另寻出路罢。"

曹父气得一病不起，不久就一命呜呼。曹正就经营起了那祖传的屠夫手艺，说来也怪，曹正虽然学武不成，对屠猪宰牛杀羊剥狗却是天生的手段，不管挑筋剐骨，或是扒皮敲髓，从来干净利落，并不拖泥带水，更兼还有一手绝活，无论几斤几两，一刀下去，不差分毫，人都呼之为"操刀鬼"。

曹正虽没有得到林冲的真传，倒也学了些皮毛，那花拳绣腿的三脚猫功夫，既然不能实用，曹正就把它融合到屠宰牲口中，一边屠宰牲口一边表演，整日引得人山人海价观看，生意十分兴隆。曹正感激林冲，还是按师傅的礼节对待林冲，逢年过节，都要带些猪牛羊肉到林冲府上拜望，林冲心中老大不忍，以为没有教会曹正些真本事。曹正嘴上就像抹了蜜，道："师傅乃天神下凡，师傅的手段岂是俺们这些凡人俗子轻易能够学到的？师傅不要介意，常言说一日为师终身为父，俺父亲去世得早，以后俺就把师傅当父亲孝敬了。"喜得林冲直夸曹正这孩子懂事。

其实曹正心中知道背靠大树好乘凉的道理，自己一个屠户，谁能看在眼里，有了林冲这棵大树，那些工商、税务从未到曹正店铺寻过事，曹正也从未缴过什么鸟税。曹正高兴时也请这些大檐帽吃个便饭，洗洗桑拿跳跳舞，唱唱歌曲蹦蹦迪，大檐帽们都赞曹正够意思会办事。曹正还私下里打着林冲的旗号垄断了禁军食堂的肉类供应权。

生意越好，曹正心里却越发不平衡，只因屠宰这个行当利太薄，整日起早贪黑，一个月下来只能赚个百十两银子，除去孝敬林冲和大檐帽们的，也就剩不下几个子儿了。曹正苦思冥想，最终还真让他琢磨出了一个生财之道。

曹正买来高压泵、注射器、橡胶管、喷雾器等工具，给牛肉注水，在屠宰肉牛前，先给肉牛用水管强行往嘴里灌水，直到肉牛腹胀得躺倒在地上，不能动弹后才屠杀，随后，便用水泵向肉牛心脏强行注水，然后将肉牛躯体分割，通过牛腿、牛头、牛肚等部位的大动脉注水，再将一头头肚皮胀得鼓鼓的肉牛，捆绑在专用的屠宰架上，放血、剖腹、分割……最后还要向肉牛躯体内注水，一直注到不能再注入为止，让其各个部位、各个器官充分吸收水分，这样，一头牛竟能注进去六十多斤水。

给猪注水曹正就更有办法了，还总结出了"先活猪灌口，后死猪注射"的经验，也就是采取直接往口里灌和静脉注射结合的方式。因为仅采取口内直接灌注的话，虽然水会在猪的身上分布得很均匀，但不易吸收，灌水效果不好，而如果只采取静脉注射，灌的水很易吸收，效果很好，但水会灌得不均匀，大都聚集在前后腿和外脊、内脊部位。

"活猪灌水要从口里灌，灌到后腿站不住了，说明一次灌的已经到极限了。而死猪要通过静脉注射的方式灌水，直灌到后腿不停地晃动，才说明水已经遍布全身了。"曹正对自己的经验相当得意。

曹正在宰杀生猪时还将脏水与猪血按十比一的比例兑成猪血水，从猪的心脏部位用高压水泵注入，一头猪大约能注进去三十多斤这种水，注过水的猪肉虽然肉味会变得不香了，但感观鲜亮，更能刺激消费者的购买欲望。随后，曹正又开发出了注水鸡、注水鸭、注水羊系列产品，还用食用胶和水的混合液注入牛、羊肉体内，然后利用胶的凝固性将水分锁住，在注胶的同时加入一些食盐和防腐剂，以延长肉的保质期。

脏水卖了肉价钱，能不赚钱吗？曹正屠宰店的利润成倍增长，除去各种开销，每月竟还能纯盈利一千多两银子。

聪明的曹正又拉长产业链条，向水泊梁山、二龙山、桃花山、清风山、祝家庄、曾头市等地输送活的肉猪肉鸡，为了牟取高额利润，曹正又研究出了"水泥拌面"灌活猪，就是生猪出售前，将玉米面和水泥按三比一的比例搅拌在一起，再放入大量粗盐制成的特殊饲料给猪强行灌入胃中，每头猪一般要灌二十多斤，活猪灌入这种加了盐和水泥的饲料后会喝很多水，并且喝的水和水泥不容易排泄，增加体重。另外给准备出售的活鸡鸭胃里灌沙子也成了曹正的致富手段。

大檐帽们逐渐察觉了曹正的所作所为，想要查办他，一则平时没少得曹正的好处，吃人家的嘴软，拿人家的手短，没法处罚曹正；二来曹正是林冲的徒弟，投鼠忌器，不敢处罚曹正。曹正也更加肆无忌惮，生意是越做越大。

曹正发了，他经营头脑灵活，产业链不断延伸，市场不断扩大，还逐步兼并了东京汴梁的大部分屠宰店，组建了"曹氏肉类食品集团股份有限公司"，林冲任名誉董事长，还特邀太尉高俅的儿子高衙内为名誉董事，那些大檐帽们也都成了大小股东。

在"曹氏肉类食品集团股份有限公司"成立大会上，太尉高俅亲自为公司揭牌并做了重要讲话。为表彰曹正为丰富汴梁肉类食品市场做出的突出贡献，东京工商部和食品总局同时授予曹正优秀民营企业家称号。

吴用办学

话说一百单八位好汉齐聚水泊梁山，按照武艺高低、资历深浅、贡献大小等方面综合考评，排定了座次，众好汉皆大欢喜，并无争执，整日价大碗吃酒肉，大秤分金银。

俗话说无事生非。时间久了，众头领逐渐滋生出怨气来。摸着天杜迁、云里金刚宋万、旱地忽律朱贵最早占据梁山，而排座次却都太靠后；豹子头林冲原是东京八十万禁军枪棒教头，又火并白衣秀士王伦，有夺寨之功，大刀关胜没甚功劳，反倒排在他之前；赤发鬼刘唐、立地太岁阮小二、短命二郎阮小五、活阎罗阮小七本是冒死跟着天王晁盖智取生辰纲的，为梁山发展积累了雄厚的资金，晁盖当寨主时，这帮弟兄是何等意气风发，没想到晁盖英年早逝，夺生辰纲的弟兄们觉得受到了冷遇；病尉迟孙立原是登州兵马提辖，带着小尉迟孙新、母大虫顾大嫂、两头蛇解珍、双尾蝎解宝、出林龙邹源、独角龙邹润、铁叫子乐和反上梁山，不仅人多势众，还有攻破祝家庄的大功，而孙立却连三十六天罡都没进去，弄到了地煞之列；花和尚鲁智深、锦毛虎燕顺、打虎

将李忠、九纹龙史进、混世魔王樊瑞等原本也都是占山为王的，被梁山吞并后，全不似自己当家时逍遥快活；玉麒麟卢俊义、扑天雕李应、没遮拦穆弘等原曾是大户地主，有万贯家财、千顷良田，却被强逼上了梁山；大刀关胜、双鞭呼延灼、霹雳火秦明、双枪将董平、没羽箭张清等原是朝廷军官，个个手握重兵，也算是一镇诸侯，如今却与草寇为伍；美髯公朱仝、插翅虎雷横、病关索杨雄、神行太保戴宗、行者武松等曾是都头或押牢节级，在地方上也是呼风唤雨，为所欲为，哪曾受过这等拘束？就连混江龙李俊、船火儿张横、母夜叉孙二娘等剪径劫道之徒也直呼不公道，神医安道全、圣手书生萧让、玉臂将金大坚、通臂猿侯健、紫髯伯皇甫端等身怀绝技的头领更觉埋没了自己的本事。

众头领终日吵闹，整日价吆喝着要散伙。宋江看人心不稳，队伍涣散，急得嘴上起了一大串燎泡，他想，要是众头领都散了去，自己成了光杆司令，还当什么寨主？

宋江立即召集自己的心腹军师——智多星吴用商议对策。吴用不愧为智多星，鬼点子就是多，眉头一皱，计上心来，与宋江密谋一番，一个梁山军整顿方案出笼了。

翌日，水泊梁山在忠义堂召开大会，宋江宣布为了提高梁山军的素质，全员都要培训，今后提拔升迁要看学历高低，没有学历的不再录用。随即，又宣布梁山军事大学挂牌成立，宋江亲自担任校长，吴用出任教育长，主持日常工作，并具体负责组建梁山军事大学的班子。

吴用就是宋江肚里的蛔虫，把宋江的心思都摸透了。他知道宋江与小旋风柴进交好，且柴进又是皇族出身，便聘请他出任副教育长。马军系，由宋江的弟弟铁扇子宋清任系主任，秦明、孙立任教官；步军系，由宋江的死党黑旋风李逵任系主任，鲁智深、武松任教官；水军系，由宋江的义妹一丈青扈三娘任系主任，李俊、浪里白条张顺任教官；炮军系，为了协调宋江与副寨主卢俊义的关系，由浪子燕青任系主任，轰天雷凌振、鬼脸儿杜兴任教官；枪棒系，由宋江的徒弟毛头星孔明任系主任，林冲、青面兽杨志任教官。学制为六个月，学习期满考核合格颁发大学毕业证书，每人的学费为白银三千两。

本领高强的尽被压制，花拳绣腿的却身居高位，这个方案一出，众头领哗然，闹得沸沸扬扬。

凌振郁闷了两天，悄悄找到吴用。"军师，俺的炮术天下无对，怎的把俺安排在燕青那个公子哥底下？俺受不了这鸟气，想自己办个炮术学院，以俺的名头，不愁招不来学生，军师能否通融通融，让俺的炮术学院挂靠在梁山军事大学的下面？"凌振说罢，拿出一个包袱，对吴用说："这是五千两银子，孝敬军师买酒喝。"

吴用听了暗喜，接过包袱爽快地说："自家兄弟别说两家话，俺理应帮忙。"没过几日，凌振的炮术学院正式成立，凌振也当上了校长。

安道全见了不禁心痒，也带着银子去请吴用提携。安道全任校长的医术学院也开张了。

众头领也纷纷效法，林冲的枪术学院、乐和的音乐学院、鲁智深的佛学院、武松的棍术学院、萧让的书法学院、杨志的刀术学院、花荣的箭术学院、张顺的游泳学院、侯健的服装学院、孙二娘的烹饪学院、呼延灼的马术学院、张清的飞石学院、公孙胜的剑术学院、戴宗的交通学院等应运而生，一时间，梁山水泊兴起办学热潮，众头领都当上了校长。

学校是办起来了，讲什么呢？武松反复唠叨醉打猛虎的英雄事迹，鲁智深每天都向学员们讲倒拔垂杨柳的技巧，林冲对怒杀陆谦和王伦的事津津乐道，孙二娘就讲授包包子怎样才能又快又好，张青则带着学员们拿着石头乱扔，张顺把自己能在水下潜伏七天七夜的壮举讲了一遍又一遍，还把李逵被他按在水里呛得半死的事当作笑谈……

李逵听得腻烦，抱着个酒坛子叫道："那武松不过打死了一只虎，就整日价挂在嘴上吹牛皮，俺一次就杀死四只猛虎，却不是比他更威风？！"索性也办了一所打虎学院，居然也招了不少学生。

金钱豹子汤隆没甚文化，只会打铁，见众位弟兄一个个都当上了校长，没奈何，也求到吴用那里，办了一所铁艺学院。

看着众头领都忙活着办学校，宋江、吴用大喜过望，宋江连称军师妙计安天下。

原来，这是吴用稳定梁山军心的计策。先办起梁山军事大学，故意在人事安排上激起众头领的义愤，再默许他们各自办学。一是趁机把自己的心腹亲信都安排到了重要的岗位；二是众头领都有事干，无暇窝里斗；三是众头领都当上了

"校长"，满足了他们的权力欲，使他们在心理上达到了平衡；四是办学也确实在一定程度上提高了梁山军的素质；五是借众头领申请办学的机会捞取了几十万两银子。一石五鸟！

众头领都乐颠颠地各自忙活着学校的那摊子事儿，再也不提散伙了。宋江不仅继续当着大寨主，看着那一大堆白花花的银子，心里是真高兴，没想到吴用还真有一套。

不久，宋江宣布：鉴于吴用在办学中的突出贡献，奖励吴用白银一万两，提任梁山军事大学校长，继续兼任教育长，全面负责学校的一切事务，宋江任名誉校长。

皇甫端相马

皇甫端是幽州人氏，本是兽医，善能相马，有伯乐之才，牲口寒暑病症，下药用针，无不痊可。皇甫端生得碧眼黄须，虬髯过腹，人都呼之为"紫髯伯"。

金毛犬段景住是个盗马贼，为了上梁山，专门到大金国盗了一匹好马，那马雪练也似价白，浑身并无一根杂毛，头至尾长一丈，蹄至脊高八尺，又高又大，一日能行千里，北方有名，唤做照夜玉狮子马，乃是大金国王子的坐骑，放牧在山岭下，被段景住盗来，欲送与宋江，作为见面礼。

宋江见了那匹马，果然雄壮，心下好生欢喜，众头领也都祝贺宋江得了好马，唯独皇甫端看了捋着胡须不语，微微摇头。宋江心中疑惑，便问皇甫端："难道先生看此马不好吗？"

皇甫端道："此马的确是匹好马，可我观之，此马四蹄中有两蹄长有黑斑，乃妨主之症，且会妨两主，不可骑乘。"

宋江问道："先生精通相马之术，可有破解之法？"

"哥哥若真想骑乘，可先让人骑，待过了灾难方可。"皇甫端回答道。宋江听了沉吟半晌。

曾头市有个教师史文恭，有万夫不当之勇，带着个副教师苏定及曾家五虎曾涂、曾密、曾索、曾魁、曾升要与梁山作对，聚集得五七千军马，肆意抢夺水泊梁山马匹，惹恼了众好汉，宋江要率军马前去征讨，寨主托塔天王晁盖说："今番我须亲自走一遭，荡平曾头市！"宋江劝道："哥哥是山寨之主，怎可轻动，小弟愿往。"晁盖道："你下山多遍了，厮杀劳困，俺在山上歇得人也懒散了，今番我定要亲往，以后有事再劳烦你罢。"

宋江看苦谏晁盖不听，便说："哥哥定要亲往，小弟有一匹好马，送与哥哥，却好厮杀。"令人牵过那匹照夜玉狮子马来，晁盖见了大喜，说："有了这匹好马，今番征讨曾头市定能成功。"

晁盖点了豹子头林冲、双鞭呼延灼等二十员头领带着五千军马下山向曾头市进发。到了曾头市，几场厮杀，互有胜败，晁盖看接连几日，却攻曾头市不下，不禁焦躁，便要乘夜去劫寨，林冲劝阻不住，只得留一半军马在外接应，晁盖却亲领一半军马在夜幕掩护下悄地去劫曾头市营寨，不想竟中了埋伏，军马死伤大半，几位头领也负了伤，晁盖急退时，那马却不听驾驭，竟向敌群冲了过去，呼延灼等头领慌忙上前照护，晁盖被一冷箭射在脸颊上，掉下马来，幸得林冲领军拼死救应，才救得晁盖等人突出重围，那匹照夜玉狮子马却被夺走了。

林冲救出晁盖，见射进晁盖脸颊上的箭竟有寸深，箭头处已经发黑，原来是支毒箭，箭杆上刻着史文恭三个字。

林冲急带着败残军马护送晁盖回山寨救治，拔下箭头看时，毒已入骨，眼见是不能活了。晁盖留下"谁抓住史文恭报仇就为山寨之主"的遗言后，便含恨而亡。梁山全军挂孝三天祭奠晁盖，并发誓定要活捉史文恭那厮报仇。

宋江听了林冲说了晁盖骑那马时的情景，对皇甫端愈加钦佩，又怕皇甫端把他送晁盖马的缘由说出去，便请皇甫端饮酒，酒至半酣，宋江说："先生才学，宋江钦敬，今晁天王已经归天，若俺能当了寨主，定不负先生大恩，前日所说骏马妨主一事，我知你知，却不能让他人知道，还请先生守口如瓶。"说完，拿出一百两黄金，送与皇甫端。皇甫端推让了一番，也就接受了。

晁盖死后，宋江暂时代理寨主之位，为了早日正式当上寨主，便与军师吴用商议攻打曾头市，捉拿史文恭与晁天王报仇雪恨，此时段景住与锦豹子杨林、石将军石勇前往北地买马，选得壮骏有筋力好毛片骏马二百余匹，竟又被曾头市尽数夺去。宋江大怒："前者夺我马匹，又射死了晁天王，尚未报此大仇，今番又如此无礼，若不剿灭曾头市，今后怎样在江湖立足？！"

宋江与吴用计议停当，倾梁山之兵，分五路进兵攻打曾头市。那曾头市本是一伙乌合之众，怎经得住梁山强悍军马攻击，交战五日，曾头市被攻破，曾涂被小李广花荣射死，曾索被两头蛇解珍用钢叉搠翻，曾魁被乱军马踏如泥，苏定被乱箭穿身，曾密被美髯公朱仝朴刀砍死，曾升也被斩首。那史文恭却骑着那匹照夜玉狮子马，霹雳火秦明见了，飞马直取史文恭，史文恭奋勇拼杀，一枪刺着秦明后腿股，颠下马来，梁山军人多，将秦明救回，却围攻史文恭，史文恭抵敌不住，落荒而逃，四处均是梁山军，"活捉史文恭"的叫声震天介响，史文恭像没头苍蝇般乱撞，幸得马好，跃过了几道绊马索，最终撞出了重围。史文恭长舒了一口气，以手加额，说："苍天佑我，亏了有这匹好马，否则我命休矣！"

史文恭宛如丧家之犬，向西便走，此时黑雾遮天，史文恭在马上狂奔了二十余里，也分不清东西南北，行到一片树林处，突然从树林中转出一彪人马，为首的正是玉麒麟卢俊义，后边跟着浪子燕青，卢俊义大喝一声："史文恭那厮待走哪里去？还不下马受缚！"史文恭闻声一惊，拨马便走，那马不知怎地却全不听使唤，竟径直向卢俊义冲来，史文恭惊慌失措，被卢俊义一杆棒打下马来，燕青带人捆缚结实了。史文恭长叹："此马误我！"

史文恭连同那匹照夜玉狮子马都被带回梁山，宋江令把史文恭那厮剖腹剜心，祭奠晁盖。皇甫端对宋江说："那匹照夜玉狮子马已经连克二人，灾难已过，哥哥但骑无妨，可保哥哥平安。"宋江听了，重赏了皇甫端。

梁山头领推举宋江当了寨主，宋江也果然关照皇甫端，让他坐了第五十七把交椅，就连能征惯战的飞天大圣李衮等头领都排在他后边。

宋江骑着那匹照夜玉狮子马，果然连战连捷，先是多次打败前来围剿的官军，受朝廷招安后，又接连剿灭辽国来犯之兵和王庆、田虎、方腊的起义军，宋江因功被朝廷擢升为武德大夫、楚州安抚史兼兵马都总管，可宋江总是有块心病，那就是皇甫端最清楚他送马妨克晁盖一事，过了不久，宋江奏请朝廷，封皇甫端为御马总监，让皇甫端离开了梁山军，宋江除了心病，再也无虑了。

林冲夺寨

豹子头林冲无疑是一个悲剧人物。

林冲本是东京八十万禁军枪棒教头，武艺出众，有万夫不当之勇，江湖上谁不敬仰豹子头的威名?！可自从林冲的夫人上香还愿撞见太尉高俅的儿子高衙内，林冲的生活便再无宁日。最让林冲痛心的是自己的好朋友陆谦为讨好高俅，竟也三番五次设计陷害林冲。先是引林冲带刀误闯白虎节堂，被刺配沧州，又买通两个押送公人途中用滚水烫烂林冲双脚，伺机在野猪林害林冲性命，幸亏花和尚鲁智深相救，才逃过一劫。其后又火烧沧州牢城大军草料场，欲烧死林冲，不想林冲因天寒买酒不在营中再次躲过一难。林冲的夫人因不堪高衙内纠缠羞辱自缢。林冲没想到被自己的好友算计得家破人亡，一怒之下杀了陆谦，从此也与高俅结下了不共戴天的冤仇，并写下一首诗铭志：

> 仗义是林冲，为人最朴忠。
>
> 江湖驰闻望，慷慨聚英雄。
>
> 身世悲浮梗，功名类转蓬。
>
> 他年若得志，威镇泰山东！

后经小旋风柴进推荐，林冲被逼上了水泊梁山。

当时水泊梁山却是白衣秀士王伦与摸着天杜迁、云里金刚宋万、旱地忽律朱贵四人盘踞，聚集着七八百小喽啰，干些打家劫舍的勾当。

那王伦原是个不第秀才，不仅手无缚鸡之力，还心地狭窄。眼见得林冲器宇轩昂，蓦然自忖："我又没十分本事，杜迁、宋万武艺也只平常，他是京师禁军教头，必然好武艺，倘若让他识破我们手段，他须占强，我们如何迎敌？没奈何要发付他下山去便了，免致后患。"便托出五十两白银对林冲说："柴大官人举荐教头来敝寨入伙，怎奈小寨粮食缺少，屋宇不整，人力寡薄，恐日后误了足下。略有些薄礼，望乞笑纳，权做盘缠，请教头寻个大寨安身歇马。"

林冲忙道："凭柴大官人面皮投托入伙，不为银两，只求收录，当一死向前，并无他意。"杜迁、宋万、朱贵也劝王伦留下林冲，免得柴大官人面上不好看。

王伦心中恼这三人没头脑，嘴上却说："兄弟们不知，他在沧州虽是犯了弥天大罪，今日上山，却不知心腹，倘或来看虚实，如之奈何？他若真心入伙，须杀一个人把做投名状。"并与林冲三日期限，如三日之内没有投名状，便让林冲另投别处。

林冲早被刁难得不耐烦，又见梁山四面高山，三关雄壮，就想杀了王伦出了鸟气，夺了山寨，聚集人马去寻高俅报仇，怎奈自己身单力孤，只得忍气吞声，提了朴刀，由一个小喽啰引着到山下伏路。

接连两日，山下竟无一人过往，林冲等得焦躁，却也没奈何。直等到第三日中午，才见一人挑着担行李走来，林冲掣刀蓦地跳出，那人撇了担子就走，林冲没赶上，只得了一担财帛，便让小喽啰先挑上山去。

小喽啰刚走，就见一个大汉挺着朴刀飞也似赶将来，嘴里高叫："杀不尽的强徒，将俺行李财帛哪里去！"林冲挥刀来迎，俩人你来我往斗了四十多个回合，却不分胜败。林冲看对手了得，跳出圈外，问那大汉名姓，大汉道："洒家是三代将门之后，五侯杨令公之孙，姓杨名志，绰号青面兽，原任殿司制使官，因为朝廷押运花石纲，在黄河翻船，失陷了花石纲，不敢回京，特筹集了一担财帛到东京枢密院疏通，意在免罪复职。"

林冲早闻杨志大名，又见其武艺精熟，就想拉他一同上山夺取山寨。王伦听小喽啰说了，已看林冲、杨志斗了半晌，也在寻思："若留了林冲，实形容得我们不济，杨志英勇，不如将其一同留在山寨，也堪与林冲对敌。"

王伦和林冲各怀心事，都劝杨志留在梁山成就一番事业，怎奈杨志无心落草，只想回京谋个官职光宗耀祖，只得放其下山。王伦至此也无话可说，就让林冲在杜迁、宋万之下，坐了第四把交椅。日久了，林冲才知道王伦等人原来全无本领，但碍于王伦人多势众，也只有委屈忍受，心中却恨王伦。

一日，朱贵报称有晁盖等七人带着十数个打鱼人要来入伙。原来天王晁盖和智多星吴用、入云龙公孙胜、赤发鬼刘唐及立地太岁阮小二、短命二郎阮小五、活阎罗阮小七等人在济州黄泥冈劫了大名府梁中书送给岳父当朝太师蔡京的十万贯生辰纲，事发后，济州府尹派遣五百余官兵捉拿晁盖等人，晁盖等人带着渔家设计在芦苇荡里将五百官军杀的尽皆干净，现投奔梁山泊安身。

王伦派人将晁盖等人接上山寨，摆下酒宴，边吃酒边听晁盖等讲述智取生辰纲的经过，听说他们把五百官军杀得殆尽，王伦心下骇然，没想到来了一伙杀人的魔王，他知道这伙人手段高强，如让他们上山，自己的寨主之位怕是坐不长久，对晁盖等人上山之事只是含糊其词，只说来日再议。

林冲早有吞并梁山之意，只愁没有帮手，看晁盖等人上山，以为机会来了，便悄悄前去探访晁盖等人。吴用是何等聪明之人，早已知道林冲的来意，即用语言相激："早听说教头武艺超群，又是柴大官人亲自引荐，依小生看，理合王伦让出这第一把交椅给教头。"林冲忙说："承蒙先生抬举。林冲非在位次低微，只为王伦嫉贤妒能，难以相聚，他看你等豪杰，定然不肯相留，林冲只恐众位英雄萌生退去之意，特来说知。量这一个泼男女终有何用，林冲自有分晓！"

第二日，王伦让小喽啰请晁盖等到聚义厅宴会，吴用对晁盖说："今日看小生凭三寸不烂之舌教他们火并，哥哥今番倒有机会做山寨之主了。"晁盖等身边都暗藏了兵刃，随后却来赴宴。王伦只叫晁盖等饮宴，只不提上山聚义之事，一直饮酒至午后，王伦让人托出五锭大银，说："敝山小寨，是一洼之水，无法安得许多真龙，聊备些小薄礼，烦请众位豪杰另

仗义是林冲，为人最朴忠。
江湖驰闻望，慷慨聚英雄。
身世悲浮梗，功名类转蓬。
他年若得志，威镇泰山东！

投大寨。"

王伦话未说完,吴用把眼向林冲使了个眼色。林冲登时血往上撞,双眉剔起,两眼圆睁,对着王伦大骂:"量你个落第穷儒,胸中又没有文学,双手使不得枪棒,怎做得山寨之主!"王伦喝道:"你这畜生,又没喝醉,倒把言语来伤触我,却不是反失上下!"

林冲把桌子只一脚踢翻在一边,衣襟底下掣出一把明晃晃的刀来。吴用嘴里喊着"千万不要火并",却悄地往前推林冲,晁盖等人也都拽出兵器,分别逼住杜迁、宋万、朱贵,小喽啰都吓得目瞪口呆,动弹不得。王伦看不是头,转身要走,林冲抢上前去,劈手揪住衣领,早割下王伦首级提在手里。杜迁、宋万、朱贵见了,都跪在地下说道:"愿随哥哥执鞭坠镫!"

吴用就血泊里拽过头把交椅来,让林冲坐下,叫道:"今日扶林教头为山寨之主,有不服者,以王伦为例!"

意气风发的林冲刚坐下,看自己四周竟是晁盖、吴用、公孙胜、刘唐和阮氏三雄虎视眈眈地望着他,手里都提着兵器,原来已被包围了,心中不禁打了个冷战,此时妄动必定身首异处,赶忙站起来说:"先生差矣,我今日为众豪杰的义气,火并了王伦这不仁之贼,实无心要谋此位。晁天王仗义疏财,智勇足备,方今天下闻其名,无有不服。我今以义气为重,立晁天王为寨主。"

众人都说林冲言之极当。晁盖假意推让了一番,也就坐了头把交椅。随后,林冲又让吴用坐了第二把交椅,公孙胜坐了第三把交椅。

无奈的林冲仍然在水泊梁山坐着他的第四把交椅。

史进败家

史进是富户出身，祖居华阴县少华山下的史家村，家是转屋角牛羊满地，打麦场鹅鸭成群，负佣庄客有千人，女使儿童难计数。这史进从小不务正业，只爱刺枪使棒，母亲说他不得，怄气死了，史太公只得随着他的性子，不知使了多少钱财，请了许多教师教他，又请高手匠人，为史进刺了一身花绣，肩臂胸膛总有九条龙，满县人都叫他九纹龙。

话说东京八十万禁军教头王进因恶了殿帅府太尉高俅，带着母亲逃往延安府避难，途中经过史进家的庄园借宿，正撞上史进使棒，王进见他使的棒有破绽，便与他点拨，史进不服，要与王进较量，那史进学的都是花拳绣腿，哪里是教头王进的对手，被王进一棒搠翻，史进便拜王进为师。

王进在史家村一住半年，每天指教史进，看史进将十八般武艺学得尽皆精熟，便告辞投延安府去了。这史进每日里半夜三更就起来演习武艺，白日里只在庄后射弓走马。又过了半载有余，史太公染病去世，史进无人管教，愈加放纵，每日里只要寻人较量枪棒，难逢敌手，九纹龙的大名在江湖上日盛。

却说少华山上盘踞着一伙强人，为头的唤做神机军师朱武，第二个唤做跳涧虎陈达，第三个唤做白花蛇杨春，武艺虽也平常，华阴县的官军更是酒囊饭袋，欺压百姓人人争先，遇到强寇个个逃命，三人欺华阴县无人，在山上聚集着五七百个小喽啰，有百十匹好马，耀武扬威，打家劫舍，华阴县官府擒他们不得，出三千贯赏钱招人捉贼。朱武三个怕真个厮杀起来，山寨钱粮欠少，欺史家村小却富足，便着陈达带一百多小喽啰去掳掠。史进得信，聚起三四百庄户抵敌，斗不几合，将陈达活捉。史进叫庄客将陈达绑在庭心内柱上，要等一发拿了朱武、杨春两个贼首，一并解官请赏。

那朱武、杨春不想史进如此英勇，知道拼了他二人之力也难敌史进，为救陈达，只好想了条苦肉计。

这天，朱武、杨春徒步来到史家村，并不带军马兵器，见了史进，两个噙着眼泪双双跪下。那朱武哭道："小人等三个，累被官司逼迫，不得已上山落草，俺三人当初发誓不求同日生，只求同日死。如今小弟陈达误犯虎威，被英雄擒捉在贵庄，我等无计可施，径来受死，请英雄将俺兄弟三人一发解官请赏，誓不皱眉。"

史进听了，寻思道："他们虽是草莽，竟直恁义气！我若如此拿他去解官请赏时，须坏了俺的名头，反叫天下好汉耻笑。"史进心中敬佩他三人义气，便放了陈达，管待了三人酒饭，让他们回山去了。

朱武号称神机军师，自然鬼点子也比较多，回到少华山，对陈达、杨春说："我们兀自逞强，却抵不住史进一人！难得史进英勇，又如此义气，若能拉得史进入伙，史家村与少华山山寨互为掎角，剿捕官军怎能奈何我们！"

杨春道："他是当地富豪，家有良田千顷，富贾一方，怎肯与俺草莽为伍？"朱武说："且慢慢计较，总有机会让他也入伙。"

为感激史进不杀大恩，也为试探史进对他三人的态度，朱武收拾得三十两蒜条金，派两个小喽啰趁月黑夜送去史进庄上，那史进并不缺金银，初时推却，小喽啰死留，史进贪财，便留下了金子，还置酒管待那两个小喽啰。此后，朱武倘或劫得稀罕之物，都拣选些好的送与史进，时日久了，史进收受了朱武三人许多钱财，心中老大不忍，便让庄客寻了个裁缝，自去县里买了三匹红锦，裁成三领锦缎袄子，又做了许多上好酒食，派几个得力庄客抬了，去回访朱武等人。朱武等虽不见史进亲自上山，却也知他心动，大喜过望，殷勤招待那几个庄客。

自此，史进便频频与朱武等互送些金银财物或是美酒珍馐，感情日渐深厚，却似亲戚一般。

荏苒光阴，时遇八月中秋到来，史进看朱武等人这等孝敬，便让庄客去请朱武三人下山来到史家村一聚。当夜，史进看晴朗得好，心中高兴，吩咐庄客宰了一腔大羊，杀了百十个鸡鹅，准备下酒食筵宴。朱武、陈达、杨春只带三五个伴当，步行下山来到史进庄上赴宴。史进与三个山寨的头领轮流把盏，饮酒赏月，好不快活。

史家村有一猎户叫李吉，史进看他不起，多呵斥与他，李吉心存不满，却不敢言语，眼见少华山三个头领都到村里，又没带几个喽啰，想起史进平日里对自己恶语相伤，原来私通山上贼寇，天叫俺发大财，取那三千贯赏钱，便悄地连夜到华阴县出首。

史进与三位头领饮酒正酣，却被官军围困，知道如被拿住定是死路一条，喝教许多庄客收拾起金银细软，点起三四十个火把，就将庄前屋后尽皆点着，各自挺起兵器夺路杀出，那官军抵敌不住，被史进等突出重围，少华山的小喽啰接应回山寨。

朱武就劝史进入伙，当个寨主。史进没想到祖上几世置办下偌大家业，一朝竟在自己手里毁个殆尽，心里老大不快。朱武看史进踌躇，便说："哥哥若不愿意落草时，待平静了，小弟们与哥哥重整庄院，再做良民。"史进苦笑着说："杀了他恁多官军，还说甚重整庄院？我也是个清白好汉，把家业败了已对不起祖宗，如上山落草，岂不是再把父母清名来污了？还是去延安府投师傅王进罢，也好讨个出身。"

朱武看苦留不住，只得随他去。史进身上带了些金银，其余多的都寄留在少华山寨。

史进孤身一人千辛万苦到了延安府，却遍寻师傅不着，身上的银子也花费尽了，衣食无着，九纹龙史进哪里吃得了这等苦处，最后竟沦落到在赤松林干起了剪径劫道的勾当，偏又撞上了花和尚鲁智深，史进更觉面上无光，无奈之下，只得又回少华山落草安身，当上了少华山的寨主，直至被水泊梁山兼并，就在梁山当了个马军骠骑先锋使，后在随梁山军征讨方腊时战死。

宋清排宴

宋清是宋江的亲弟弟。

宋清祖居郓城县宋家村，祖上留下的基业，家中广有钱粮，是有名的大地主。其兄宋江在县里当了个押司，这押司只不过芝麻绿豆的小官，平时也就是抄抄写写，没甚职权。宋清自陪着父亲宋太公在家守着田园过活，没甚抱负，生得懒散，也不学文也不习武，整日价领着几个庄客收佃户的租子，吃穿无忧，倒也自在。

宋江虽然形象不好却素有大志，专一结交江湖上的好汉，总想有机会博个光宗耀祖封妻荫子。因此上但有人遇难，总是尽力帮助排解，若有人问他求取钱财，亦从不推托，端的是挥金似土，只为收拢人心，倒也混了个"及时雨"的虚名。而宋清则全然不同，为人吝啬，一文钱掰成十瓣儿花，就是只老鼠也想榨出二两油来，对待佃户更是刻薄，收租时都能算到骨头缝儿里，人送外号"铁公鸡"，对宋江所

为极不以为然。宋清嫌自己抠出来的银子却被宋江送了人情，兄弟俩经常吵闹，宋太公明里也批评宋江，其实暗里却纵容他，想着土窝子里也能飞出个大麻雀。

宋江曾为劫取生辰纲的天王晁盖一伙通风报信，使他们躲过官军缉捕逃到了水泊梁山，晁盖等人对宋江可谓是感恩戴德。后来宋江又结交了大周皇族后裔小旋风柴进，又通过小恩小惠笼络了行者武松、神行太保戴宗、黑旋风李逵、病大虫薛永等一大批江湖豪杰，待到宋江因怒杀阎婆惜、江州题反诗差点丢了性命，便也投奔了梁山，而且寸功未立就当了副寨主，不久，晁盖又在征讨曾头市时阵亡，宋江就窃取了寨主之位。

宋江终于如愿以偿成了一方枭雄，便把父亲和兄弟都接上了梁山。为了便于安排弟弟宋清的工作，宋江巧舌如簧，说宋清武艺超群，人称"铁扇子"，从未征战且没有显露过一次武功的宋清上梁山后就在一百单八将中占据了第七十六把交椅，甚至排在了久经战阵的花项虎龚旺、中箭虎丁得孙前面，那个把李逵摔得鼻青脸肿的没面目焦挺也在宋清之后，可谁也不敢流露不满情绪，谁叫人家哥哥是寨主宋江呢。宋江也知道自己的弟弟是糊不上墙的烂泥，就让宋清专一掌管排设筵宴，负责梁山的公款接待以及宴会的审批。

宋清管理着水泊梁山的四个定点酒店，东山酒店由小尉迟孙新、母大虫顾大嫂夫妇经营，西山酒店由菜园子张青、母夜叉孙二娘夫妇经营，南山酒店由旱地忽律朱贵、鬼脸儿杜兴经营，北山酒店由催命判官李立、活闪婆王定六经营。

宋清虽不懂武艺，却会管理，拿出了在家当地主时的办法，四个酒店单独核算，并不具体管理，由他们自主经营，宋清每个月定期到每个酒店核算营业额，并收取一万两银子的管理费，缴完管理费盈余的部分酒店可以自己分红。

经营一个月，宋清到四个酒店盘账，发现东山酒店、西山酒店十分红火，营业额竟都超过了二十万两银子，净利润也有近十万两银子，缴完管理费，盈余还有八九万两。南山酒店稍差点，营业额约十万两银子，缴完管理费还能盈余二三万两。北山酒店最差，营业额还不到二万两银子，缴完管理费竟还亏损五千两银子。

原来东山酒店的孙新、顾大嫂有他兄长病尉迟孙立等一帮亲戚关照，孙立是马军小彪将兼远探出哨头领，经常到这里吃加班饭；顾大嫂的姑表弟弟两头蛇解珍、双尾蝎解宝是步军头领，孙新的朋友出林龙邹渊、独角龙邹润是步军将校，经常带着手下的喽啰来照顾孙新和顾大嫂的生意；铁叫子乐和是走报机密的步军头领，也是他们远房亲戚，他带的喽啰也只在东山酒店吃饭，因此生意兴隆。西山酒店的张青、孙二娘与花和尚鲁智深、行者武松等步军大头领关系密切，又与马军骠骑兼先锋使青面兽杨志、步军将校金眼彪施恩和掌管屠宰牛马猪羊牲口的头领操刀鬼曹正都曾在二龙山一起工作过，自然要照顾西山酒店的生意，尤其是曹正，还经常利用职务之便让西山酒店买到价格最低的肉类食品，是以西山酒店的生意最好。南山酒店的朱贵是梁山元老，与山寨头领大多脸熟，他弟弟笑面虎朱富又是掌管供应酒醋的头领，能搞到最优惠的酒醋；杜兴原是掌管钱粮头领扑天雕李应的大管家，这可是个实权人物，有了这些便利，虽不如东山和西山酒店红火，经营状况却也不错。最惨的是北山酒店了，李立原在揭阳岭是开黑店的，虽然与混江龙李俊、船火儿张横等人熟识，但这些人都是黑道上的，素来都是独来独往，互相利用，根本没有亲情；王定六上山较晚，资历太浅，在梁山一个朋友都没有，因此，北山酒店是门前冷落车马稀，很少有生意。

张青、孙二娘深谙经营之道，从分红的银子中拿出一部分给鲁智深、曹正等提了一些回扣，又送给宋清一万两银子，宋清高兴得眉开眼笑，遂也投桃报李，命名西山酒店为优秀酒店，西山酒店也日益兴隆。

王定六看无法经营下去，而李立却一点办法都没有，经常与李立吵闹，说："似这般下去，难道让弟兄们都喝西北风？"李立骂道："你这厮才上山几日，竟敢在俺这里吃五喝六，不想干就滚下山去，少了你这个臭鸡蛋俺还做不了槽子糕了！"

气急败坏的王定六含着眼泪离开了北山酒店，却又无处安身，寻思半晌，想要另起炉灶又没有本钱，没奈何便找到浪里白条张顺，向他借五千两银子。王定六是张顺引荐上山的，又帮过张顺的大忙，眼见王定六已经穷困潦倒，张顺也只好借给他银子帮他一把。

王定六用这笔银子打造了一把纯金的扇子，夜里包好去送给宋清，对宋清说："俺特为哥哥打造了一件兵器，也不知是否合哥哥的意。"宋清看了那把金扇子，喜得嘴都合不拢了。王定六乘机说："那李立就不是个开酒店的料，跟着他干定要饿死不可，俺看鸭嘴滩小寨处不错，想在那里另开一处小店，还请哥哥帮衬。"宋清得了金扇子，欣然允诺，还贷给王定六五千两银子作为启动资金。

不几日，王定六的鸭嘴滩酒店开张了，还暗地算是与宋清合开的，并约定有了红利与宋清平分。

那宋清原本就是个爱财的，自然欢喜，梁山有了重大活动，筵宴均安排到王定六的鸭嘴滩酒店，一年下来，鸭嘴滩酒店就成了水泊梁山最大的酒店，最终竟先后兼并了东山、西山、南山酒店，孙新、顾大嫂、张青、孙二娘、朱贵、杜兴都任了王定六手下的分店经理，而北山酒店却倒闭关门，那李立只好到王定六的鸭嘴滩酒店打工，做了个保安。

两年后，鸭嘴滩酒店更名为水泊梁山大酒店，宋清兼任董事长，王定六任总经理，孙二娘、张青任副总经理。

陶宗旺筑城

话说九尾龟陶宗旺自打上了水泊梁山，跟随及时雨宋江东征西杀，虽说没有创造什么盖世奇功，却也屡屡受到表彰，弄了一大堆奖章，奖状更是糊了一墙，可一直得不到提拔重用，原因其实很简单：一是他出身低微；二是社交能力太差，只会低头拉车却不知抬头看路；三是他与寨主宋江、副寨主卢俊义、军师吴用等一班常委没有任何渊源，说白了，不是嫡系。有了这几样，陶宗旺得不到重用倒也能够理解。

可陶宗旺想不通啊。特别是山寨一百零八位好汉聚齐后，陶宗旺不仅座次排得靠后，在分配工作时竟让他做了一个监理筑造城垣的头领，毛头星孔明、独火星孔亮兄弟武艺还不如自己，反倒做了守护中军的步军骁将，就连贼眉鼠眼根本就不能打仗的白日鼠白胜还当上了军中走报机密的头领，陶宗旺知道，孔明、孔亮两兄弟素与寨主宋江交好，白胜有军师吴用罩

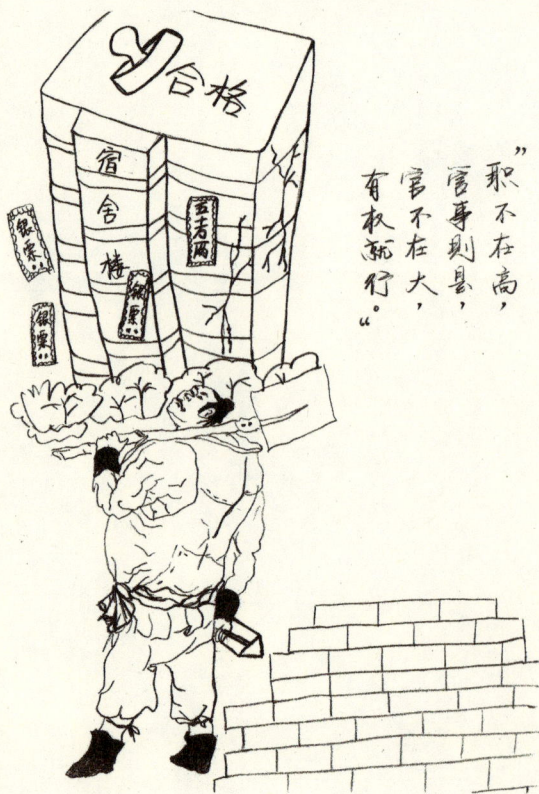

"积不在高，官尊则灵；官不在大，有权就行。"

着，他想自己虽然无钱无势，但没有功劳也有苦劳哇。陶宗旺越想越气，心里总觉得不平衡。

这天，陶宗旺一个人关在屋里喝闷酒，浪子燕青推门进来，手里还提着两瓶上好的梁山陈酿，这可是专供山寨常委们喝的酒，燕青是从卢俊义处偷拿的。燕青一进门就大声说："我给大哥贺喜来了。"

陶宗旺气呼呼地说："贺什么喜，还不是砌墙和泥，烧砖伐树，有什么干头？还不如去开酒店呢，怎么也混个肚子圆，不像你有副寨主撑腰，好位置还不是由你拣选。"

燕青听了哈哈大笑："大哥，你真是得了便宜还卖乖，你这可是个肥差呀，山寨百废待兴，基础建设都由你说了算，今后还请大哥多照应小弟，我这次来就是求大哥帮忙的。"

原来燕青在大名府时的挚友许贯中现在搞房地产开发，他不知怎地听说水泊梁山因新添了许多军马要建造二十万平方米宿舍楼，就请燕青帮忙揽下这个工程。燕青从怀里掏出一匝银票，说："这是五十万两银子，事成之后还有重谢。"

陶宗旺看着那一堆银票，眼睛都直了，没想到这砌墙盖房里面还有这些名堂，心想，这批楼房让谁建不是建呀，燕青是副寨主卢俊义的干儿子，日后在仕途上少不得要请他给自己帮忙，何况人家还送来那么多银子。陶宗旺踌躇半晌，最后决定做这个顺水人情。

半年之后，工程完工，陶宗旺因为拿了银两，在验收中虽看到了一些毛病，也不好再说什么，睁一只眼闭一只眼就过去了，发给了合格证书。许贯中大大地捞了一笔，又给陶宗旺送来五十万两银票，还在东京给陶宗旺建了一幢别墅。许贯中再通过燕青上下打点，评了个优良工程。军士们欢天喜地搬进了新楼，都说山寨为弟兄们办了件大好事。陶宗旺一下子成了百万富翁，再也不为职位低微烦恼了，从中他也悟出了一个道理：职不在高，管事则灵，官不在大，有权就行，就看你怎么干了。

不久，寨主宋江提议将聚义厅改为忠义堂，一班常委也一致通过了这个决议，并决定投资白银八千万两修建忠义堂，因工程浩大，由寨主宋江、副寨主卢俊义、军师吴用、副军师公孙胜、铁面孔目裴宣、九尾龟陶宗旺等组成招标委员会，具体工作陶宗旺负责。

招标公告发出去后，几十家大小建筑公司云集水泊梁山前来投标，其中一家公司的老板竟是一丈青扈三娘的哥哥扈成。原来宋江领兵攻打祝家庄时，活捉了扈三娘，扈成为救妹子就主动找宋江投诚，谁知半路上碰上黑旋风李逵，不问青红皂白，见人就砍，扈成逃走后流落江湖，最后在延安府开了一家酒店，逐步站住了脚，生意越做越大，组建了一个集餐饮酒店、房地产开发、金融投资为一体的集团，他打听到妹子扈三娘在水泊梁山入了伙，还是寨主宋江的干妹妹，看了梁山的招标公告，也赶来投标，一则多年没见过妹子，甚是思念；二则到梁山联络感情，扩展公司的业务。

扈成先找到妹子扈三娘，兄妹俩见面感慨万千，扈三娘摆了一桌酒宴，为哥哥接风洗尘，又请宋江、卢俊义、吴用等作陪。宋江见了这位干弟弟很是高兴，便邀请扈成上山做个头领，扈成婉言谢绝，说："小弟既投身商界，便已无心仕途，请兄见谅。这次投标一事，还请兄长多多关照。"

宋江一边用牙签剔着牙缝，一边说："这个好说，我给你写个条子，你直接找陶宗旺联系，看需要怎么办理。"扈成感激不尽。

当晚，扈成分别给几位招标委员会的成员送去了金珠细软，上下都买通了，然后再找到陶宗旺，陶宗旺说："此次工程浩大，投标的公司多，竞争激烈，扈老板要想中标还要看实力呀。"

扈成赶紧拿出宋江的批条，并介绍了自己的背景。陶宗旺听了微微一笑。"既是一丈青扈三娘的亲哥哥，又是寨主的干亲，还有寨主的批文，俺理应帮忙，只是人多嘴杂，尤其日后工程还要验收，俺也很为难哪。"

扈成会意，赶忙拿出一个密码箱，打开说："这是黄金一万两，请陶头领笑纳。另有五十万两银票，是请陶头领手下的弟兄们喝茶的。"陶宗旺看着那黄灿灿的金条，眼笑得眯成了一条缝，连说："扈老板果然爽快，俺就不客气了。"

在水泊梁山忠义堂建设工程招标会上，扈成的公司力挫群雄中标。扈成随即派人进驻现场开始施工。其间他与陶宗旺成了密友，又送给陶宗旺一批千里驹，自此，陶宗旺经常骑着千里驹到东京别墅与情人幽会，工程的事很少过问。工程进度很快，眼看要封顶了，扈成对陶宗旺说，工程结构复杂，施工难度太大，需要追加投资，陶宗旺禀报寨主宋江，宋江与扈成已成亲戚，又收了他的好处，便又追拨五千万两银子用于忠义堂工程建设。

忠义堂竣工之日，水泊梁山就像过节一样，举办了一个盛大的启用剪彩仪式，一百零八位好汉都迁到新址办公。忠义堂工程还被评为"鲁班奖"，陶宗旺也因监理有功被提拔为偏将。

又过了三个月，军士反映楼房不隔热，有许多房屋漏水，忠义堂的墙壁竟也出现了裂缝。陶宗旺看大事不好，携带着自己的金银珠宝溜之大吉，跑到东京别墅快活去了。宋江看军士的楼房和忠义堂投入使用时间不长竟都变成了危房，勃然大怒，要求严肃查处，但陶宗旺已经逃走了。宋江遂批示：撤销陶宗旺在山寨的一切职务，永远开除山籍。关于军士宿舍楼和忠义堂，择址另建。

金大坚办证

话说水泊梁山天王晁盖为了搭救因题反诗被打入死牢的宋江，听取军师吴用的建议，把玉臂将金大坚和圣手书生萧让设计赚上梁山，篡改蔡京的书信。原来金大坚刻得好碑石，而萧让又写得一手好字，且摹仿天下书体惟妙惟肖，由萧让摹仿蔡京的笔迹，金大坚刻印，伪造了一封让把宋江押赴东京汴梁处置的书信，意在中途把宋江劫上梁山，虽然金大坚和萧让伪造的书信天衣无缝，可没想到送信的神行太保戴宗露了马脚，不仅差点害了宋江性命，连戴宗也被送进了死牢。情急之下，晁盖只好冒险带着山寨的头领下山，奔袭江州，硬是劫了法场，拼死把宋江和戴宗救上了梁山。

金大坚和萧让从此也就留在了梁山。

宋江上山时间不长，天王晁盖就在征讨曾头市的战斗中牺牲了，及时雨宋江便做了水泊梁山的头把交椅，宋江带着山寨的众位头领东讨西杀南征北战，而金大坚和萧让虽然刻印写字是把好手，征战杀人就不行了，因此宋江每次领军出征都让他俩留守山寨，也正是因此，俩人一直得不到重用，众头领都认为他俩乃一介书生，看不起他们。每次征战得胜归来，众头领论功行赏，看着众位头领兴高采烈的样子，金大坚和萧让只能酸溜溜地躲在一旁。黑旋风李逵看见他俩还说风凉话："看两位秀才细皮嫩肉的，待俺下次下山掠一个绣女来，教你俩绣花罢。"金大坚二人听了，心里更不是滋味。

征战几年，水泊梁山聚得一百零八位好汉，真个是人马雄壮、声势浩大。宋江看有了政治资本，便同朝廷谈判，想让朝廷招安，众位头领都可以升官加爵，封妻荫子。朝廷原本没有把宋江一伙看在眼里，现在看水泊梁山竟动摇了宋朝的江山社稷，无奈答应招安，但提出两个条件：一是有学历者优先擢用；二是曾在朝廷任职的官复原职。

宋江一看朝廷提出的条件就傻了眼。他想，一班能征惯战的头领如林冲曾任东京八十万禁军教头，关胜、呼延灼、董平当过兵马都监，秦明、杨志原是统制，就连鲁智深、孙立、武松、黄信等也都任提辖或都头，文职的吴用曾是教授，萧让、蒋敬等人原是秀才。而自己以前只不过是郓城县的一个小小的秘书，如果招安了，自己论武是手无缚鸡之力，论文是胸无安邦韬略，原来职位低微，又没有文凭学历，在山寨自己坐的是第一把交椅，可真招安了反不如手下的兄弟们的前程，因此整天苦闷。

智多星吴用看出了宋江的心思，便暗地找到宋江说："大哥休要烦恼，放着有金大坚和萧让两位在，还愁没有文凭？"

宋江听了，心中豁然开朗，便对吴用说："兄弟真不愧智多星，可善觑方便，替俺解忧，愚兄自当报答。"于是，吴用便指使金大坚、萧让为宋江造了一个东京翰林大学博士生导师的文凭。

原来吴用却有私心，他和阮氏三雄、刘唐一伙原是跟晁盖劫了生辰纲后好上梁山的，目今晁盖已经死了，这一班弟兄除了自己，阮氏三雄原是打鱼的，刘唐、白胜等都是农民，如果招安肯定都得不到官爵，因此他先结好宋江，替宋江消除了烦恼，顺便把这几个弟兄的文凭也解决了。金大坚和萧让为了讨好寨主宋江，又主动给宋江的弟弟宋清办了一个大专毕业证。

金大坚和萧让在水泊梁山的地位迅速提升。金大坚便与萧让商议，招安后，咱兄弟俩的职位绝对没问题，何不乘此机会再捞一把，红利对搅。其实萧让正在

琢磨此事，俩人不谋而合。于是，金大坚写了几份"办证"的告示，分别贴在忠义堂旁边的厕所、金沙滩附近的酒店等处，联系人是金大坚。

当天晚上，病尉迟孙立便提着一个沉甸甸的包袱找到金大坚，说："俺虽说没有后顾之忧，可兄弟孙新和弟媳顾大嫂两口子是开酒店的，两个姑舅弟弟解珍、解宝是猎户，内弟乐和原是登州牢里的小节级，招安后，俺这些亲戚就很难得到提拔了，他们整日价找俺吵闹，送上白银一万两，烦劳兄弟帮俺给造几个文凭，也省得他们再来烦俺。"随即把包袱打开放在桌上。

金大坚看了那一大堆白花花的银子，脸都乐开了花，满口应承："兄长只管放心，管教弟兄们都满意。"金大坚把胸脯拍得"嘭嘭"响。金大坚与萧让一夜未眠，熬了一个通宵，第二天清早就把一摞文凭送到孙立府上，乐得孙立直夸金大坚不仅守信用，服务还很周到。

随后，山寨的混江龙李俊、浪里白条张顺、催命判官李立、母夜叉孙二娘等都先后从金大坚手中买到了自己称心如意的文凭。金大坚家的门槛都快踢破了。

副寨主玉麒麟卢俊义得知有人伪造文凭，顿时火冒三丈，便找寨主宋江商议，要求严厉打击这种弄虚作假的行为。宋江因为已经得了金大坚的好处，便对卢俊义说："兄弟，愚兄这两天身体不适，要出去休养几天，山寨的一应事务，贤弟可全权酌处。"

卢俊义立即召集铁面孔目裴宣，令他调查假证问题，并要求必须严肃查处，决不姑息。

金大坚看事情要败露，连夜去找军师吴用请教对策。吴用笑着拍了拍金大坚的肩膀说："没什么大不了的，主要是你们太不会办事了嘛。"金大坚一听，心领神会。

第二天，金大坚便给卢俊义送去了大名府财经大学硕士生导师证书，卢俊义拿在手里，眼睛笑得眯成了一条缝。金大坚知道卢俊义与浪子燕青情同父子，又从怀里掏出一个小本子，说："俺们听说燕青也曾在大名府相扑学院进修，就给他补了一个证书。"

卢俊义听了高兴地说："是啊是啊，没想到你和萧让恁般通情理，有机会俺一定向宋江哥哥推荐提拔你们。"

裴宣对这里面的猫腻也很明白，拉着金大坚和萧让喝了两天酒，向卢俊义汇报假证一事查无实据，纯属谣言。

黑旋风李逵知道了，找到金大坚也要证书，金大坚恼其先前曾恶语相伤，再加上这黑厮一文钱也不出，就说："你斗大的字不识一升，还想要文凭？真是笑话。"

恼羞成怒的李逵手持板斧，跑到忠义堂前大声嚷嚷："你们都办了这证那证，偏没有俺铁牛的，招甚鸟安，待俺砍了这杏黄旗散伙去休！"一大帮出身低微的头领也跟着起哄。

一周后，宋江休养回来，看闹得无法收拾，便与卢俊义、吴用商议，创办了一个水泊梁山大学，由宋江任校长、卢俊义任副校长、吴用等人任教授，脱产学习三个月，让金大坚、萧让给没有学历的山寨头领每人都颁发了一个大专文凭。

五个月后，水泊梁山全伙接受朝廷招安，一百零八位头领全部被授予官爵。

王英著书

话说矮脚虎王英上了水泊梁山做了头领，寨主宋江又做主把义妹一丈青扈三娘嫁给了他。

一丈青扈三娘不仅长得漂亮，功夫也很了得，而王英长着"三寸丁"的个头，贼眉鼠眼的，武艺又不济，从各方面都比不过扈三娘，所以扈三娘是一百个看不上王英，可碍于宋江的情面，扈三娘也十分无奈，就这样凑合着过日子，王英动辄就被扈三娘骂个狗血喷头，说他没本事，长得没人样，王英整天忍气吞声，成了有名的"妻管严"。

这天，王英因为洗脚水弄得太热了，扈三娘揪着王英的脖领子就把王英扔出去了，嘴里还骂着："想烫死老娘啊！"王英被摔得鼻青脸肿，只好去找军师吴用帮忙。

王英向吴用哭诉了自己的遭遇，然后求吴用给自己指一条出路。吴用不愧为智多星，从几个方面分析了王英的处境：第一决不能考虑离婚的事，因为扈三娘是寨主宋江的义妹，王英与扈三娘成亲又是宋江做的媒，如离婚就是不给宋江面子，那王英也就没法在水泊梁山上待下去了；第二王英生得"先天不足"，这也是扈三娘最烦心的，但爹娘就给了这副嘴脸，没法改变；第三王英武功低微，但这又不是三两天就能练出来的。通过认真分析研究，吴用认为王英要想重新树立形象，改变自己的家庭地位，就必须另寻出路。吴用对王英说："我看山寨大都是舞枪弄棒的，武的不行就走文的，写书当个作家也照样可以扬名立万嘛，我帮你点拨策划你还有什么不放心的。"

王英听罢大喜，回去后就埋头笔耕，三个月后，四十万言的一部《水泊梁山一百单八将的传奇故事》写成了。王英喜滋滋地捧着自己的处女作请吴用斧正，谁知吴用兜头一盆冷水泼下来："不管里面内容咋样，就你这书名就不行，这样的书谁买呀，你把书稿放下吧，我再帮你润润色，再请大作家施耐庵做个序，保证让你一举成名。"

一个月后，王英的处女作正式出版，书名被吴用改成了《三个女人和一百零五个男人的传奇故事》，吴用还在忠义堂搞了一个隆重的首发式，由王英当场签名售书，梁山众头领全部到齐，还请了高俅、蔡京、童贯等诸多名人以及各大媒体的编辑、记者前来捧场，这些人一则看王英与宋江沾亲，乐得做个顺水人情；二则每人有一千两银子的出场费，还能混个肚子圆，何乐而不为呢。吴用又悄悄传令，凡山寨校尉以上头领人手一册，费用由山寨统一处理，第一次印刷的一万册书不到一个月就销售一空，再版二万册也很快告罄。

这本书王英可谓名利双收，他的大名收录进了宇宙名人大辞典、寰球作家名录，还赚了一百多万两银子，吴用也没有白忙活，王英给了他30万两银子的提成，并正式聘请吴用为自己的经纪人。

此后的王英一发不可收，在吴用的策划下，又接连出版了《西门庆与潘金莲的罗曼史》、《潘巧云和一个和尚的风流韵事》、《白秀英是怎样沦为县太爷二奶的》等一系列著作。

王英声名大噪，经常被请去讲学或做报告，还被聘请为宋廷翰林院的客座教授。随后，王英干脆甩开吴用，利用自己的影响开了一个文化传播公司，出版社约稿的订单一个接着一个，生意好不火爆。

王英不再是原来忍气吞声的"妻管严"，经常出入高级宾馆、酒店，后来索性以工作需要为由，瞒着扈三娘在东京买了一套别墅，与几个女秘书出双入对，再不听那河东狮子吼。

梁山头领情史

春风得意的王英又接连出版了《婆惜艳史》和《天子也风流——名妓李师师的真情告白》两部巨著。

吴用因恶王英过河拆桥，就派神行太保戴宗到东京打探清楚王英的一举一动，并把王英在东京买别墅聘小蜜的事都告诉了一丈青扈三娘。扈三娘原本就看不上王英的龌龊形象，没想到王英竟一举成了名人，这才对王英有了一点好感，现在听说王英竟敢在东京金屋藏娇，顿时火冒三丈，找到义兄宋江哭诉，非要休了王英。吴用又向宋江反映，王英写的《婆惜艳史》一书其实是在影射宋江生活作风不正，另外那部《名妓李师师的真情告白》把天子的私生活都给抖搂出来了，严重影响了水泊梁山与朝廷的关系。

宋江听了大怒，立即抽调铁面孔目裴宣、铁臂膊蔡福、一枝花蔡庆组成调查组对王英展开调查。不到一周，裴宣就把调查报告送到了宋江的案头：吴用反映情况属实，建议严肃查处。

气急败坏的宋江召集山寨常委研究，决定批准扈三娘的休夫请求，同时鉴于王英的行为已经给山寨造成了恶劣影响，查封王英的文化传播公司，抄没家产，《婆惜艳史》和《名妓李师师的真情告白》两部书列为禁书，撤销王英在山寨的一切职务，驱逐下山，永不录用。

王英一夜之间从人生的巅峰掉到了谷底，为了生计，只好靠编写贩卖梁山头领的艳情野史混口饭吃，惨淡生活。

萧让办报

　　圣手书生萧让写的一笔好字，虽然粗通武艺，但从未经历战阵，只是帮着抄写一些公文，一直得不到重用，也就做了个行文走檄的小头领，被朝廷招安后，萧让不得不面对下岗的现实。

　　萧让不甘心就这样被撵回家，便找到寨主宋江，说："大哥，小弟想利用自己的一技之长办一份报纸，名字就叫《水泊梁山日报》，一则可以丰富众弟兄的文化生活，二则也搭建一个宣传水泊梁山的平台。"

　　宋江听了沉吟半晌，皱着眉头说："山寨最近资金紧张，财政已经出现赤字……"

　　萧让不等宋江把话说完，连忙表态："大哥，只要您批准就行了，俺不要山寨一两银子。"

　　宋江听了大喜，当场拍板，说萧让的想法很好，让他回去写个报告。

　　报告很快就批下来了。萧让借了十万两银子，又招募了几个文笔较好的小校，经过一个多月的紧张筹备，又请宋江题写了报头，《水泊梁山日报》问世了。

　　报纸办起来了，首要问题就

是发行。萧让心里清楚，没有发行量就没有影响力，没有影响力就没有战斗力，没有了战斗力，不仅工作保不住，自己借的十万两银子也要打水漂。

萧让有自己的想法，他决定先采取赠阅的方式扩大《水泊梁山日报》的影响，而且专门刊发山寨各位头领的英雄事迹，什么"宋江怒杀阎婆惜"啦、"卢俊义力擒史文恭"啦、"鲁智深拳打镇关西"啦、"武松打虎景阳冈"啦、"张顺活捉黄文炳"啦、"花荣大闹清风寨"啦，等等，宋江连夸萧让有政治头脑，卢俊义也称赞报纸办得好，把《水泊梁山日报》定为水泊梁山的机关报。

看山寨领导如此重视，鲁智深一班上过报纸的头领欢喜地见到萧让就满脸堆笑，没上报纸的头领无不钦羡，纷纷主动找到萧让提供线索，介绍自己的丰功伟绩。萧让面露难色，说："俺知道各位都是顶天立地的好汉，应该宣传宣传，可俺的一班弟兄也要吃饭呀，现在报纸都订不出去，再这样下去，俺非破产不可。"

李逵听了哈哈大笑，撇撇嘴道："还以为有何大不了的，不就是订几份报纸嘛，武松不过打死一只虎，俺一次就捅死了四只虎，你把俺的事宣传好了，就订你一百份报纸。"其他头领也纷纷效仿，不到一年，《水泊梁山日报》的发行量就窜升到二十万份，萧让也名震水泊。

萧让看发行量已经上去了，立即调整策略，严格控制表扬稿件，并开设了一个栏目叫《曝光台》，还弄了一个内参《梁山情况反映》直接送山寨常委审阅。

随后，萧让便派其手下喽啰四处采访，在《曝光台》栏目刊发了一篇《鲁智深搞个人英雄主义破坏森林》的文章，称鲁智深酒后大耍个人英雄主义，把大相国寺菜园子的柳树拔掉，还大闹野猪林，用禅杖把松树打断，破坏林木，严重违反森林保护法。第二天又发表了《武松酒后打死濒危野生动物》，说武松在景阳冈酗酒，把一只华北虎打死，而这种虎全世界只有不到九只，属濒危的特级保护动物。

宋江看后批示：鲁智深、武松终身不准饮酒，罚俸一年。

此事在水泊梁山引起巨大震动，对萧让的敬畏又增添了三分。

时间不长，萧让的第一号内参也炮制出来了，题目是《白胜叛变的前前后后》，内容是说当年天王晁盖与吴用、公孙胜、阮氏三雄、刘唐以及白胜等人在黄泥岗智取生辰纲，后白胜被捕，受刑不过，竟然把晁盖等人供出，如不是宋江报信、朱仝和雷横接应，天王晁盖等人必遭不测，那样将给水泊梁山造成无法挽回的损失。

萧让没有急于把内参呈送山寨常委，而是找到白胜，说："弟兄们写了篇东西，俺看对你不利，专门来给你打个招呼，看怎么处理。"

白胜看了，惊出一身冷汗，慌忙拿出一千两银子塞到萧让手里，萧让在手里掂了掂那包银子，慢条斯理地说："咱们是兄弟，理应相互关照。再说俺们也有纪律，不准搞有偿新闻。这样吧，你干脆做个专版，俺给你通融一下，换个角度，不就把坏事变成好事了嘛。一个专版一万两银子。"

白胜虽然平时是个铁公鸡，但此时也不得不咬牙出血，塞到萧让手里的一千两银子没法要回，又给了萧让一万两银票。

几天后，《水泊梁山日报》以整版篇幅刊登了白胜的长篇通讯，介绍了白胜被捕后，虽然受尽酷刑，始终不屈不挠，以顽强的意志与朝廷捕头衙役做坚决的斗争，保护了山寨领导人晁盖的安全，最后成功越狱的事迹。白胜因此受到表彰，宋江还要求山寨全体头领都要向白胜学习。

朝廷招安时，阮小七竟偷喝了御赐美酒，为了掩人耳目，换成了劣质白酒，梁山头领喝了，认为是朝廷戏耍他们，纷纷闹将起来，把个招安大会变成了一个闹剧。萧让了解清楚之后，威胁要把阮小七偷喝御酒的事曝光，并说因为偷换御酒，激怒了梁山众头领，延误了招安大业。阮小七知道这事要是捅出去，肯定是要掉脑袋的，为了堵住萧让的嘴，只好乖乖送去两万两银票了事。

就这样，山寨的头领几乎被萧让讹了个遍。李逵气得大骂："何时叫萧让那厮吃俺两板斧，看那厮还曝鸟光！"阮小七也气呼呼地说："看那厮还能嚣张几时，总要叫他知俺活阎罗的手段！"

一日，萧让带着几个喽啰去到山下石碣度假村玩耍了半夜，喝得酒醉，晕晕乎乎站立不住，然后乘船回山寨，不想那船行到中途却突然漏水沉没，萧让与他那几个喽啰又不会凫水，竟尽数淹死。据说是有人事先把船凿漏了，却用个木塞子堵着，待船行到河心，却从水下把木塞子拔了，是以沉船。

《水泊梁山日报》随即停刊。

李忠打虎

却说李忠祖贯濠州定远，本是个跑江湖卖药的，也粗通些枪棒武艺，整日走州串府，摆个地摊，先使枪棒招揽人群，然后趁机兜售膏药。

如此惨淡经营多年，李忠依然穷困潦倒，原来是许多人看李忠使枪棒时都来凑热闹，待他拿出膏药却一哄而散，都说他是江湖骗子，不信他的膏药，时日久了，李忠入不敷出，难以维持生计。

一日，李忠路过一座山岭，看到一户人家，因口渴就进去讨碗水喝。原来这里住的是个老猎户，看李忠走得辛苦，便请李忠进屋歇息，李忠看老人孤独，想自己又无去处，便陪住了几日，其间对老猎户嘘寒问暖，关怀备至。那老猎户看李忠身材壮健，又如此殷勤，心生喜爱，欲认李忠做个义子。李忠流落江湖，居无定所，听了老猎户的言语大喜，倒头跪地："义父在上，请受孩儿一拜！"

李忠自此跟着老猎户打猎取食，精心侍候，半年过后，老猎户无疾而终，临终前，将年轻时猎杀的一头吊睛白额猛虎的毛皮和虎骨送给了李忠。

李忠葬了老猎户，为了生计，只好重操旧业，跑江湖卖膏药。但这次重出江湖，李忠吸取以往的教训，对自己做了包装，有那虎皮、虎骨垫底，李忠先为自己起了个"打虎将"的绰号，又换了个祖宗，还编了一首诗曰："头尖骨脸似蛇形，枪棒林中独擅名。打虎将军心胆大，李忠祖是霸陵生。"说自己的先祖是汉朝飞将军李广，眨眼变成了名门之后。

目今行走江湖的李忠老练多了，每到一处，他都先亮出"打虎将"的名号，逢人便讲自己是李广的后人，流落江湖，家中祖传使枪棒为生，还拿虎皮、虎骨做起了文章，称路过一座山岭，正逢一只吊睛白额猛虎要吃一位老猎户，他使出祖传绝技，打杀猛虎，看老猎户身负重伤，又为老猎户疗伤，老猎户因伤重不治身亡，他又为老猎户送终。

看着虎皮、虎骨，听着李忠编造的故事，人们都以为李忠果然神勇，只身打死猛虎，还为素昧平生的老猎户治伤送终，均称赞李忠身怀大义，从此，"打虎将"李忠的声名不径而走，誉满江湖。李忠所到州府，摆开场子，都有许多人围观，他的虎骨膏药也供不应求。

李忠一下子成了名人。这日，李忠又在华阴县使枪棒卖药，华阴县有个史家村，村里的史太公是县上的首富，有的是银钱，却生了个不争气的儿子史进，这个史进从小不务正业，专爱刺枪使棒，母亲管他不得被气死了，史太公只得由着他的性子，听说打虎将李忠来华阴县，便把李忠请到家里，请李忠教史进，并许诺只要教得好，除了供应衣食，每月奉银百两。

李忠就是卖一年膏药也不一定赚得百两银子，心下欢喜，嘴上却说："俺也是徒有虚名，只怕误了令郎的前程。"史太公忙说："打虎将的威名早有耳闻，若嫌奉银少时，还可商量，只要教授犬子。"李忠略谦一番，就留在了史家村。

李忠告别了流落江湖的生活，教授史进枪棒，每日锦衣美食，好不快活。原来李忠教的都是花棒，煞是好看，却不中用，那史进本是华阴县一霸，平日里就没人敢惹他，如今又有个打虎将教他，都奉承史进枪棒使得好，史进便自沾沾自喜，以为除去师傅李忠，自己天下无敌，整日拖着条棍棒寻衅，还请人刺了一身花绣，肩膀胸膛总有九条龙，人皆呼史进为"九纹龙"。

东京八十万禁军教头王进因被太尉高俅陷害，逃亡路过史家村借宿，见史进使棒，那王进既为禁军教头，武艺乃天下高手，便忍不住指点一二，李忠虽说武艺不济，但也是行家，心知如让王进撞见，自己就会露出破绽，便寻史太公告假，称大名府来人招他，史太公要史进出来拜别师傅，李忠本是借故开溜，哪里敢多待片刻，称大名府相招甚急，要即刻动身。史太公无奈，便说："既如此，奉上一盘金银，如事了了，早日回来教授犬子。"

史进看王进功夫了得，想请师傅李忠出来相会，听父亲说因大名府招他，急匆匆走了，连叫可惜，全不知李忠就是怕见王进而逃走了。没奈何，史进便恳请王进多住几日，教他武艺，王进也看史进真心求学，自己暂时也无处可去，权且在此处安身，就耐心将平生所学尽数教给了史进，看史进练得精熟，已是将近半载，王进说叨扰时日已久，要去延安府投友，史进苦留不住，只得拜别。

话说那李忠仓皇离开史家村，一时也没个去处，好在史家给的金银其多，不愁吃喝，便四处游荡，不经意间来到青州地界，路过桃花山，突然走出一伙强人，为首的乃是小霸王周通，周通大喝一声："那厮留下包袱，却留你性命！"李忠的包袱里不仅有史家给的金银，还有那张宝贝虎皮，便如李忠性命一般，哪里肯舍，便挺起杆棒与周通厮并，周通本是个地痞混混，聚得一帮乌合之众在此处剪径，却不是李忠的对手，被李忠一棒打翻，周通大叫："请教好汉名姓！"李忠没想到碰上个小蟊贼，正在庆幸，随口答道："俺便是飞将军李广后人，打虎将李忠！"周通忙说："闻名久矣！"便请李忠上山为寨主，李忠欣然答应，当上了山大王。

李忠到了桃花山，用那张虎皮做了一把交椅，周通对李忠极力追捧，以为有了名震江湖的打虎将做靠山，还怕甚鸟人，因此平日总是周通带人下山抢劫，并不劳动李忠。

双鞭呼延灼率军征讨梁山，被打得全军覆没，幸亏他胯下坐骑是御赐踢雪乌骓马，否则也当了俘虏。呼延灼匹马逃到桃花山下，夜宿在一家酒店，竟被周通带人将宝马偷了去。呼延灼正没处撒气，被梁山好汉打了个丢盔弃甲，又在小河沟里翻了船，径去青州起兵来征讨桃花山。周通不想偷马却闯下如此大祸，与李忠商议如何退敌。周通说："今番却要劳烦哥哥亲自出马了，打虎将天下闻名，想那呼延灼不是敌手。"李忠心里暗暗叫苦，面上却不动声色，说："官军势大，不能力敌，可先守住此山，另派得力心腹去梁山求救。"周通见说深以为然。

待梁山救兵到了，李忠却与周通领军下山，正撞上呼延灼，李忠要在周通面前逞能，催马便与呼延灼战在一起，不到十个回合，李忠知道自己不是呼延灼的对手，又怕败了失去颜面，拨马就走，呼延灼领兵追赶，周通在山上看得分明，慌忙令喽啰滚下石块拦阻呼延灼，呼延灼正在迟疑，梁山救兵已经将呼延灼包围，最后将呼延灼活擒。周通跑下山来，李忠嘴里还兀自埋怨说："兄弟的手也太快了，俺正待使祖传绝招回马枪捉拿呼延灼，却被你扔石块吓走了，让梁山干了功劳，须白让梁山落了个人情。"周通不知就里，默然不语。

李忠与周通来答谢梁山军援救，看到梁山军真是盔甲整齐，旌旗分明，十几位头领器宇轩昂列在阵前，李忠正在惊异，其中一位梁山头领见了他立刻滚鞍下马，口中叫着师傅，纳头便拜，李忠定睛一看，却是史进。原来王进走后，史进苦练本领，声名日盛，当了少华山的大寨主，后上了梁山，梁山寨主宋江对史进十分器重。此时，众人看九纹龙史进拜在李忠脚下，对李忠自然也很敬重，便邀李忠一同上梁山聚义，李忠早知桃花山不堪久留，便很豪爽地说："怎么也给我徒弟这个面子，就一同去梁山罢！"众人大喜。

李忠、周通回桃花山收拾金银细软（当然还有那张虎皮）带着喽啰上了梁山，从此，打虎将的威名流传得也更广了。

杨志谋官

　　杨志乃三代将门之后，五侯杨令公之孙，后家境衰落，流落在关西，幼时曾应过武举，武艺精绝，因其脸颊有一块青斑，江湖上人皆呼之为"青面兽"。

　　话说青面兽杨志虽然武功高强，身上却没有一丝豪侠气概，是个地地道道的"官迷"，一心想着当大官，能够光宗耀祖，封妻荫子。凭着一身的本事，杨志逐渐出人头地，做到了殿司制使官。

　　这年，大宋皇帝要办一个盛大的寿筵。为给皇帝祝寿，要盖一座万岁山，差杨志一般十个制使去太湖边搬运花石纲，从水路运送至东京汴梁。杨志以为立功的机会又到了，立即赶赴太湖，很快备齐了花石纲，只要提前回京交差，就有可能升官。也是杨志命运不济，乘船押运花石纲来到黄河里，不想风高浪急，竟将船打翻，失陷了花石纲，杨志知道罪过不小，不敢回京交差，径自逃到亲戚家去避难。

　　过了半年，皇后为皇帝生了一个儿子，皇帝喜不自禁，大赦天下，杨志又动了当官的念头，凑了一担金珠细软，雇了个村夫挑着，回东京到枢密院打点，意在官复原职。途中路过水泊梁山，正撞上被逼上梁山的豹子头林冲，林冲因到梁山入伙，白衣秀士王伦定要林冲交纳投名状，林冲要夺那担财宝交纳投名状，二人你来我往，打斗了几十个回合也不见高下。王伦看杨志英勇，便想把杨志也招上梁山，以钳制林冲。

　　王伦把杨志请到山寨，说："眼下是高俅那厮执掌军权，制使是有罪之人，他如何肯容你？不如只就小寨歇马，大秤分金银，大碗吃酒肉，同做江湖好汉。"杨志怎肯落草？道："洒家只为清白，不愿将父母遗体来玷污了，指望把一身本事，边庭上一枪一刀，博个高官厚禄，也为祖宗争口气。"执意要下山赴东京谋取官职。王伦看苦留不住，只好放杨志去了。

杨志到了东京，央人到枢密院打点，买上告下，把那担金银财物使得殆尽，方才得以进见太尉高俅。高俅见杨志脸颊上好大一块青斑，相貌丑陋，先自不喜，又见杨志没有高官推荐，而且身上也没有多少可上贡的金银，竟让人乱棒将杨志赶了出来。

杨志十分郁闷，身上的银子都使尽了，不想官没当上，还吃高俅那厮羞辱。如此烦恼了一回，在客店又住了几日，分文皆无，店家天天来要房租，看杨志没钱，整日价冷嘲热讽，要杨志卷铺盖走人。无奈之下，杨志只好将随身携带的祖上留下的一口宝刀插上草标去街市上卖，换取盘缠投他处安身。

在街市上等了许久，却不见一人问津，忽然间路边的人到处乱窜，纷纷躲避，杨志定眼看时，却见黑凛凛一条大汉，吃得半醉，一步三晃撞将过来，原来是京师有名的破落户泼皮，唤做没毛大虫牛二，专在街上寻衅撒泼、行凶闹事。

那牛二抢到杨志面前，掣出那口宝刀，嚷道："汉子，你这刀要卖几个钱？"杨志说是祖传宝刀，要卖三千贯。牛二喝道："什么鸟破刀，却要卖许多钱！不过切得肉，切得豆腐罢了。"杨志说："俺这宝刀端的不比寻常，有三件好处，第一件是砍铜剁铁，刀口不卷；第二件是吹毛得过；第三件是杀人刀上没血。"

牛二不信，先拿二十文铜钱摞在一起让杨志剁了，果然刀口不卷。又从旁边一卖炊饼老者头上揪下一缕头发，杨志接过放在刀口上，用力一吹，那缕头发齐齐断做两段。牛二定要寻衅，要杨志杀一个人验证刀上有没有血，杨

"祖传宝刀"
"三千贯"

志说你若不信，可取一条狗来杀与你看。牛二揪住杨志说："你只说杀人，不曾说杀狗！若不敢杀人，便要你将这口刀送与我。"杨志大怒，反手推了牛二一跤，牛二爬将起来，挥拳就打杨志，硬抢那口宝刀。杨志正没好气，被撩拨得一时性起，一刀将泼皮牛二剁翻在地。

杨志杀死牛二，径来开封府自首，开封府上下官员听说杀了牛二，都敬重杨志，并不为难他，从轻判做斗殴误伤人命，刺配充军北京大名府留守司，宝刀没官入库。百姓们看杨志为他们除了一害，街坊们凑了些银两送与杨志做盘缠。

北京大名府留守司最有权势，上马管军，下马管民，那留守中书唤做梁世杰，乃是东京当朝太师蔡京的女婿。梁中书原在东京时，曾认得杨志，知他武艺出众，正要笼络人才，就留杨志在府中听用。杨志在梁府早晚殷勤听候使唤，梁中书看他勤谨，有心要抬举他，欲提拔杨志做个副牌军，又怕众人不服，便传令军政司通知大小诸将到校场演武。梁中书看诸将先自演练了一番，却让杨志与副牌军周谨比试武艺，说："眼下盗贼猖狂，国家用人之际，我知你原是东京殿司制使官，犯罪流配来此。你若赢了周谨，就接替他的职位。"

杨志和周谨都披挂了全副铠甲，言定先比枪，因怕有损伤，把枪都去了枪头，用毡片包了，蘸了石灰，在马上打斗起来，那周谨哪里是杨志的对手？斗了四五十个回合，周谨浑身白点约有三五十处。后再比箭，杨志已知周谨武艺平常，便先让周谨三箭，杨志要显本领，第一枝箭蹬里藏身躲过，第二枝箭用弓拨过，第三枝箭却绰在手里。杨志却怕伤了周谨性命，一箭射中周谨左肩，周谨翻身落马。梁中书大喜，即让杨志充当副牌军。诸将看杨志只不过是个刚来的因犯罪刺配的军官，却让他赢了周谨，连一个配军都赢不过，以后还怎么在大名府混？心中都存怨恨。

正牌军索超最是性急，恰似撮盐入火，人都叫他"急先锋"，此时早已按捺不住，飞马跑出阵前，大叫要与杨志敌对，若输了情愿把自己正牌军的职位让与杨志，话没说完就抢起手中大斧直抢过来。杨志抖擞精神挺枪来迎，与索超大战五十多个回合，不分胜败，梁中书看得眼花缭乱，即令二人休战，传下将令，二人各赏白银一百两，杨志、索超都升任管军提辖使。此后，杨志对梁中书可谓俯首帖耳，更加殷勤伺候。

太师蔡京要过生日，梁中书为丈人准备了价值十万贯的生辰纲，让杨志押送到东京，还另写了一封书信，向蔡京推荐提拔杨志，杨志心中欢喜，一路小心谨慎，只道把生辰纲平安送到东京，定会受到太师重用，没想到在黄泥冈又着了晁盖一伙的道，梁中书的管家不听杨志劝告，领着押送军汉喝了蒙汗药酒，还撺掇杨志也喝了一碗，杨志等人都瘫软在地，眼睁睁看着晁盖等人将那十万贯的金珠宝贝劫走了。

杨志醒来后，气得只想寻死，东京是去不得了，又不敢回去复命，一夜之间，杨志又成了身无分文的穷光蛋，饿了两天肚子的杨志转到一家酒店，杨志没钱，要吃白食，与店老板争斗，那店老板如何斗得过杨志，说："你且通个姓名，酒肉钱便不要了。"杨志道："惭愧得紧，洒家乃是东京殿司制使官杨志，因失陷了生辰纲，身边又无半分银子，无法回去复命，流落在此。"

这店老板原来是林冲的徒弟，唤做操刀鬼曹正，曹正留杨志吃了个酒足饭饱，又送了些银两盘缠，此时杨志当官的梦想早已破灭，遂听从曹正介绍，到二龙山落草，最终还是上了梁山。

柴进谋复辟

话说大周柴世宗没想到手下大将赵匡胤在陈桥驿发动兵变，来了个黄袍加身，夺了皇位，建立了大宋朝。赵匡胤自知理亏，为了安慰柴氏宗族，给了丹书铁券，柴家但有罪过，一应赦免。

柴家传到柴进这一辈，已经移居沧州横海郡。柴进生得气宇轩昂，一表人才，总觉得自己的祖宗太窝囊，坐得好好的天下竟被赵家不费吹灰之力就夺了去，整天看着那丹书铁券生闷气。至宋仁宗在位时，天下瘟疫横行，民不聊生，四处豪杰揭竿而起，北方的辽国也趁机发难，攻打宋朝北方重镇。

柴进看天下大乱，他深谙乱世出英雄的道理，便动了复辟之心，依仗着有丹书铁券护身，家中又广有钱财，专一招揽天下往来的好汉，还嘱咐附近的酒店，如有流配来的犯人，就教投他庄上，柴进都拿钱财资助，就是做下十恶大罪，他也敢庇护，那些捕盗的官军，纵使明知柴进窝藏罪犯，却因柴进是柴世宗的嫡派子孙，家中藏有丹书铁券，也不敢小觑他，搜捕都绕过柴进的庄园。豹子头林冲、及时雨宋江、行者武松等都曾受过柴进的好处，犯罪后都在柴进庄里躲避过。柴进也由此声名大震，江湖上送了他个绰号叫"小旋风"。

后来宋江、林冲、武松等人都上了梁山，宋江还当上了寨主，且兵强马壮，实力雄厚，柴进便想利用这支军马光耀门庭，让柴家重登龙位，就极力交好水泊梁山，后宋江让黑旋风李逵赚取美髯公朱仝上山，因朱仝定要与李逵厮并，宋江便让李逵留在柴进庄上暂避一时。

却说柴进有个叔叔柴皇城，见在高唐州居住，高唐州新任知府高廉是东京太尉高俅的叔伯兄弟，依仗高俅的势力在这里为所欲为。高廉的妻弟殷天锡更是横行街市，他看柴皇城家宅后花园水亭盖造得好，便要强占，并将柴皇城殴打一顿，限定柴皇城三日内搬出。柴皇城何曾受过这等鸟气，卧病在床，奄奄一息。柴进得知叔叔遭欺辱，即刻同李逵从横海郡赶到高唐州，柴皇城见了侄儿柴进，叮嘱他带着丹书铁券去到东京拦驾告状，言罢便一命呜呼。柴进正在处理叔叔的丧事，殷天锡又骑着匹撺行的马带人来强夺花园庭院。柴进争辩道："休得恁地相欺！我家也是龙子龙孙，放着丹书铁券，谁敢不敬？"殷天锡大怒，高叫："这厮正是胡说！便有丹书铁券我也不怕！"早有三二十个跟着殷天锡胡混的闲汉围拢来要打柴进，李逵怕柴进吃亏，劈手将殷天锡那厮揪下马来，一顿拳打脚踢，不一时就断了气。

柴进看打死了殷天锡，赶紧让李逵逃回梁山，以为自己有丹书铁券，一定能够逢凶化吉，不想知府高廉全然不顾柴进是柴世宗的嫡派子孙，更不管什么丹书铁券，不由分说把柴进拖翻，打得柴进皮开肉绽，鲜血迸流，再把柴进打入死囚牢，又抄扎了柴皇城的家私，封占了房屋园院。

宋江听说柴进被囚，立即带人下山攻打高唐州，费了许多周折，折了许多军马，打破高唐州城池，救出柴进，把高廉一家良贱三四十口杀个尽绝，再将府库财帛、仓廒粮米，并高廉所有家私，尽数装载上山。

柴进到了水泊梁山，虽也曾多次跟随征战，却也没甚大功，等到梁山聚齐一百单八将重排座次，柴进因与寨主宋江等交厚，并曾资助过山寨多位头领，因此也进入水泊梁山的核心领导层，在三十六天罡星中位居第十位，并被分配掌管钱粮，成为水泊梁山的财务总监。

柴进虽然对宋江时刻等着朝廷招安很失望，但他已经看出林冲、武松、李逵以及花和尚鲁智深等一大批山寨的高层头领都疾恶如仇，极力反对招安，如果能够掌握山寨的领导权，就可以实现自己心中的抱负。为了奉承宋江，尽快提升自己在梁山的地位和影响力，柴进一直都很努力地表现他的才干。宋江带着柴进和几个头领到东京观灯，柴进竟混入皇帝看书的睿思殿，看屏风上有御书山东宋江、淮西王庆、河北田虎、江南方腊四处造反英雄的名姓，就把山东宋江几个字割下来给了宋江。宋江勾连李师师，又是柴进出力。由此深得宋江赏识。此后梁山全伙受了招安，宋江为巩固自己的地位和对朝廷的影响，先大破辽国，后扫平田虎，再铲除王庆，竟没折损一位头领。

宋江乘胜挥师南下，征讨方腊，这次宋江出师不久，就接连折损了十几位头领，柴进看攻到杭州，征战激烈，便主动对宋江说："柴某自蒙各位头领高唐州救命，一向坐享荣华，不曾报得恩义。今愿与浪子燕青深入方腊贼巢，去做细作，或得功勋，也助宋江哥哥有光。"宋江大喜。柴进便扮做白衣秀才，燕青扮个仆人，寻船过江。

其实柴进自有想法，此去可谓一石四鸟：一是主动请缨替宋江分忧，不管事情办得怎么样，已经是大功一件；二是攻打方腊几乎都是攻坚战，弄不好就会丢掉性命，此举可以合理避开残酷的战斗；三是梁山军伤亡惨重，先到方腊处卧底，如梁山军彻底失败，即可转而依附方腊；四是可以探明方腊军团的整体实力，并伺机取而代之，完成自己的帝王大业。

柴进打着自己的如意算盘，与燕青投到方腊的左丞相娄敏中处，柴进自称柯引，燕青改名云壁，高谈阔论，对娄敏中极尽阿谀美言谄佞，娄敏中被忽悠得如腾云驾雾一般，便将柴进推荐给方腊。方腊见柴进仪表不俗，便问："寡人虽有东南地土之分，近被宋江侵夺城池，将近吾地，如之奈何？"柴进奏道："陛下东南之境开基以来，席卷长驱，得了许多州郡。今虽被宋江侵了数处，不久气运复归于圣上，近日夜观乾象，见帝星明朗，正照东吴。陛下非止江南之境，他日中原社稷，亦属陛下。"方腊听了心中喜欢，当即加封柴进为中书侍郎，过了半月，方腊看柴进署事公平，尽心喜爱，又把柴进招赘为驸马，封官主爵都尉，燕青为奉尉。柴进做了驸马，出入宫殿，便如在自己家里一般。

柴进在方腊的帮源洞宫殿里躲了几个月，看到梁山弟兄损伤过半，但方腊的战将也几乎伤亡殆尽，两败俱伤，方腊已经撑不了几天，而宋江损兵折将，今后也难有什么作为，创建帝王大业的希望成了泡影，不如擒住方腊，先图个封妻荫子，其他的想法今后再说罢。柴进刺杀了方腊最后一位大将方杰，与燕青把梁山大军引进了帮源洞，方腊被擒后押赴东京处斩，他的政权随即灭亡。

宋江与方腊一战，梁山头领战死过半，其余有病死的、被宫廷留用的、借故出走的，最后仅剩下二十七位。柴进被授了个横海军沧州都统制的官职，看到世态炎凉，最终也死了那份复辟之心，遂辞官为民，落了个无疾而终。

扈三娘的悲哀

扈三娘不仅长得美貌，且武艺超群，善使两口日月双刀，人送绰号"一丈青"。

扈三娘家住郓州独龙岗扈家庄，父亲是扈家庄的庄主扈太公，还有一个哥哥扈成，也十分了得，人皆唤之为"飞天虎"。扈家庄虽然也很富足，却离得祝家庄较近，那祝家庄庄主祝朝奉有三个儿子，名为祝氏三杰：长子祝龙，次子祝虎，三子祝彪。还请了一个教师在庄上，唤做"铁棒"栾廷玉，有万夫不当之勇。祝家庄有一二万人家，倚仗人多势众，从不把扈家庄放在眼里。扈家庄惧怕祝家庄的势力，极力巴结祝家庄，不仅每月要向祝家庄缴纳保护费，还让扈三娘与祝彪订了娃娃亲。

祝家兄弟中以祝彪最为了得，那祝彪平日里飞扬跋扈惯了，整日价干些欺男霸女的勾当，人皆奈何不得。祝彪看扈三娘越发出落得漂亮了，就去扈家庄提亲，定要择日完婚，扈三娘因看不惯祝彪的行径，一直借故拖延时日，却又不敢拒绝。

那祝彪狂妄至极，竟要与水泊梁山作对，在祝家庄树起两面白旗，上绣"填平水泊擒晁盖，踏破梁山捉宋江"。此举自然惹怒了梁山好汉。宋江亲自带领人马征讨祝家庄，不想竟多日攻打不下，还损折了几员头领，弄得宋江颜面扫地，发誓："若打不破祝家庄，永不回梁山泊！"

心急如焚的宋江自带着矮脚虎王英和摩云金翅欧鹏去攻打祝家庄后门时，扈三娘带着二三十骑马军前来策应祝家庄。那王英本是个好色之徒，看见扈三娘貌美，又欺她是女人，便要在宋江面前逞能，挺枪去战扈三娘，怎奈功夫不济，斗了十几个回合就被扈三娘活捉了去，欧鹏也招架不住，宋江吓得魂飞魄散，匹马落荒而逃，扈三娘见了，撇下欧鹏径来捉拿宋江，看看就要赶上宋江，豹子头林冲从斜刺里杀将出来，正撞上扈三娘把个宋江撵得抱头鼠窜，遂纵马拦住扈三娘厮杀，扈三娘虽然英勇，却哪里是八十万禁军教头的敌手？不几个回合，就被林冲生擒。

扈成听说妹子被擒，便牵牛担酒，寻宋江求情，再拜恳告道："只缘小妹许配给了祝家庄，只得听祝家庄差遣，小妹年幼，不谙人事，一时粗鲁，冒犯虎威，乞请宽恕，饶放了小妹罢。"宋江说："若要放你妹子不难，但不得再去救应祝家庄，待俺打破了祝家庄却还你妹子不迟。"扈成连忙应允。

登州兵马提辖病尉迟孙立与祝家庄的教师栾廷玉原是师兄弟，因弟媳母大虫顾大嫂的表弟两头蛇解珍和双尾蝎解宝吃了官司，为救他二人，杀了州官，反上梁山，听说宋江攻打祝家庄不下，前来救援。那栾廷玉不知孙立已经在水泊梁山做了头领，只道是救应祝家庄，大开庄门迎接，被孙立里应外合，打破了祝家庄，祝龙、祝虎和栾廷玉皆被杀了，祝彪杀出重围投奔扈家庄，被扈成捉了，绑缚起来要送到梁山军中换回他的妹子扈三娘。

梁山最好杀人的魔头黑旋风李逵杀红了眼，看见扈成绑缚着祝彪，不问青红皂白，一板斧就把祝彪劈死，又来追杀扈成，扈成看不是头，飞马落荒逃命去了，李逵又到扈家庄，将扈三娘的父亲扈太公一门老幼，尽数杀了，不留一个。

宋江原本想把扈成也收到山寨，以扩充自己的势力，看李逵竟把扈成一家老幼全杀了，扈成也不知被逼到了哪里，大怒，说："你这黑厮也须知道扈成已经投降，却又违我将令，该当何罪？"那李逵一身血污，腰里插着两把板斧，瞪着怪眼说："哥哥前日被那鸟婆娘赶着要杀，俺今日替你报仇雪恨，你却又做人情。"宋江听了默然不语。

宋江带着众头领得胜回到山寨，扈三娘听得自己父亲一家和未婚夫都被杀了，哥哥又不知去向，又不知如何发落自己，终日以泪洗面，宋江恨她曾追杀自己，害得自己在众位头领面前丢丑，本想找个借口杀了她了事，可又碍着众人的眼，无法下手，便假意关心，让她认自己的父亲宋太公为义父，而宋江自然就成了扈三娘的义兄。

扈三娘以为宋江是好意，对宋江感恩不尽。没想到宋江要与晁盖争夺寨主之位，为了笼络王英等头领，收买人心，竟把扈三娘作为礼物送个人情，硬逼着扈三娘嫁给王英。扈三娘看王英本是个花花公子，且相貌丑陋，个头低矮，全没有祝彪英俊潇洒，风流倜傥，死不答应，可扈三娘现在是孤身一人，架不住宋江恩威并施，无力抗争，只得委曲求全，含泪应允。

众头领不知宋江的心思，还以为宋江大度，都称赞宋江办了件好事。宋江在水泊梁山的威望日增。

王英知道自己配不上扈三娘，没想到天上掉下个美人妻，对宋江是感恩戴德，死心塌地为宋江卖命，平日里对扈三娘也是百般恩爱，日子久了，扈三娘也就嫁鸡随鸡、嫁狗随狗，逐渐断了复仇的念头，真心与王英过起了日子。

官府派汝宁州都统制双鞭呼延灼率陈州团练使百胜将韩滔和颍州团练使天目将彭玘征讨梁山，扈三娘随梁山军迎敌，将彭玘活捉，立下大功，而宋江并没有给予褒奖，只是口头表扬了几句，扈三娘也不以为然。

后来晁盖战死，宋江如愿以偿当上了寨主，将梁山的聚义厅改为忠义堂，并将一百单八将重排座次。宋江其实对扈三娘一直衔恨，只不过是在利用扈三娘，现在看自己已经当上了寨主，扈三娘的利用价值已经不似从前，本来以扈三娘的本事应进三十六天罡之列，也就是水泊梁山的核心层，宋江却挟私报复，不予重用，硬是把扈三娘降到了七十二地煞，排在第五十九位，当了个专掌三军内探事的马军头领，就连曾被扈三娘活捉的彭玘竟也排在扈三娘的前面。

宋江接受朝廷招安，要在皇帝面前显能，主动请求率梁山军去攻打江南方腊的起义军，导致梁山头领十损六七，扈三娘屡立战功，斩杀了方腊几员战将，后被宋江派去攻打睦州，与丈夫王英一起阵亡。

宋江假惺惺地挤了几滴浑浊的眼泪，奏请朝廷封已经魂归天国的扈三娘为花阳郡夫人。可怜扈三娘一生坎坷，忍辱负重，最终还是不得善终。而宋江却用梁山众头领的生命和鲜血为自己换去了一顶武德大夫、楚州安抚使兼兵马都总管的乌纱帽。

朱富造酒

朱富人称"笑面虎"，是梁山头领旱地忽律朱贵的弟弟，拜在沂水县都头青眼虎李云门下学些枪棒，武艺也稀松平常，却是个造酒的行家，开了一家酒肉店铺，虽然起早贪黑辛苦，却也逍遥自在快活。

黑旋风李逵是个孝子，上了梁山后，一心要把老娘接到山寨享福。李逵下山后，宋江知道这黑厮是个惹祸的根苗，就派朱贵尾随，暗中策应保护李逵。果然，李逵先是遇见了劫道剪径的假李逵李鬼，把个李鬼杀了。到家后又与哥哥李达吵翻了，李达告官缉拿李逵，李逵慌忙背着老娘上路，途中歇息，不想老娘又被老虎吃了，李逵一怒之下连杀四虎，成了杀虎的英雄，被众人送到沂水县请功，在庆功酒宴上，李逵得意忘形，醉酒后露出了马脚，被李云拿去。朱贵急忙找弟弟朱富商议计策，朱富用蒙汗药酒麻翻了师傅李云等人，救了李逵，又说服李云一同跟着朱贵上了梁山。

朱富原以为兄长朱贵是梁山元老，自己又有解救李逵的大功，还引荐了李云，上了梁山定会受到很高的礼遇，不想水泊梁山藏龙卧虎，能人极多，在一百单八将中仅坐了第九十三把交椅，就这还比师傅李云高出四位，在山寨只当了掌管监造供应酒醋的小头领，朱富觉得实在难堪，在李云面上更是挂不住，整日闷闷不乐，一心寻找机会好有个出头之日。

说起朱富造酒的本事，端的厉害。他潜心研制出了一种纯粮食酿造的酒，虽然这种酒工艺复杂，成本也很高，但味道纯正，醇香甘冽。梁山好汉都是品酒的专家，对此酒无不赞叹，寨主宋江大悦，与副寨主卢俊义、军师吴用等商议，将此酒定为"忠义堂特供酒"，并拨银一百万两银子交给朱富建造了水泊梁山酿酒厂，规模生产。酒厂建成开业那天，梁山像过节一样热闹，大小头领全部到齐，寨主宋江亲自为酒厂剪彩并作了重要讲话，称赞朱富改写了山寨没有特供酒的历史，为朱富记大功一次，还评选朱富为"山寨精英"，披红戴花的朱富好不风光。

朱富想，这也许就是自己飞黄腾达的阶梯。他知道宋江等人都是孝子，便日夜钻研，用水泊梁山特有的山参、鹿茸以及各种草药酿制了养生酒，送给宋江的父亲宋太公两瓶品尝，宋太公年老体虚，又有风湿的毛病，平日总是病恹恹的，吃了许多补药也不见好转，听朱富说了此酒的诸多好处，就想试试，一天饮用三杯，没想到两瓶酒喝完，宋太公感觉精神焕发，体力充沛，便让朱富再送几瓶，朱富借机提出自己想提拔的意思，宋太公满口答应，说："宋江是我儿子，儿子哪能不听老子的，哪天他回来我一定帮你推荐一下。"

一丈青扈三娘是宋江的干妹子，又是山寨专掌三军探事的马军头领，在宋江面前说话还是有分量的，朱富就利用梁山各种山果酿制了一种果酒，送给扈三娘。扈三娘根本看不起朱富，朱富鼓动如簧之舌，说："扈头领不仅是山寨第一大美女，且是巾帼英雄，武艺高强，在下从心里佩服得五体投地。看扈头领戎马倥偬，屡立战功，但风吹雨淋日头晒，您就是不担心自己的亭亭玉体，也要珍惜自己的羞花容貌啊！俺特地用祖传秘方酿造了饮品，有滋阴养颜之功效，请头领享用。"一番话让个扈三娘心里美滋滋的，看着朱富双手捧上的一对精致玉瓶，矜持地说："难得你还有这番心思，放桌上罢。"

扈三娘虽说征战厮杀并没些许畏惧，其实真的怕毁了自己的容颜，听了朱富的一番言语，竟像摸透了自己的心，便把那一对玉瓶带在身

边，每天饭后就呷一口。一月之后，扈三娘与众头领到忠义堂议事，颜惊四座，真个是面若桃花白似雪，都看呆了，连议事都忘了，孙二娘、顾大嫂私下里都找扈三娘讨要养颜秘方。扈三娘没想到朱富送来的果酒竟有如此功效，屈尊找到朱富说："朱头领的秘方果然神奇，有如此本领怎么得不到重用，真是埋没人才呀！待俺见了干哥宋江一定让他提携你。"朱富心里乐开了花，赶紧又送去几瓶果酒。

一日，宋江闲暇之余举办家宴，宋太公、扈三娘都力挺朱富，让宋江提拔朱富，宋江问清了原由，宋江的弟弟宋清是掌管筵宴的头领，听了宋太公和扈三娘的介绍，眨眨眼睛，立刻意识到这里面蕴藏着无限的商机，对着哥哥宋江的耳朵说了几句话。

翌日，宋江召集众头领议事，提出要对山寨各种酒品进行整合包装开发，组建水泊梁山酒品酿造总公司，由宋清担任董事长，朱富任总经理。

朱富傍上了寨主宋江同胞弟弟宋清这个大树，干得也更欢了。他先将"忠义堂特供酒"进行系列开发，分为酒尖、酒头等，养生酒包装为"梁山神酒"，果酒包装为"贵妃醉"。宋清认为不仅要搞好品牌包装，形象包装也极为重要，又成立了两个分公司，一个是广告公司，专门进行推介宣传，由扈成任经理；另一个是包装公司，专门生产青花瓷、古陶等酒瓶，由王英任经理。又聘请宋太公和扈三娘为形象大使。

经过宋清进行的一系列营销策划，水泊梁山酒品酿造总公司的生意异常火爆，酒的价格也从不到一两银子一瓶涨到十几两甚至几十两银子一瓶。

朱富当上了总经理后可谓春风得意，宋清对酿酒的具体事宜也不过问，由朱富全权负责。朱富也从心里感激宋江、宋清对他的信任，兢兢业业，把公司经营得井井有条。

到了年终，除去成本和上缴山寨的管理等项费用，竟盈余了一百五十万两银子，宋清把朱富叫去，商议分红的事宜，朱富的高兴劲就别提了。宋清说："咱们公司之所以有如此大的效益，离不开山寨几位大头领的支持，应该表示表示。"朱富赶紧说："那是当然。"最后议定，寨主宋江三十万两，副寨主卢俊义、军师吴用各二十万两。

宋清接着说："扈成、王英他们出力也不小，我看也让他们喝口汤罢，每人给五万两是个意思就行了。"朱富也没有异议。最后宋清提出，宋太公和扈三娘也做出了突出贡献，忙前跑后帮着宣传，再者还有肖像权、名誉权等，怎么着也得给个几万两银子。朱富感激二人推荐提携，主动提出每人十万两，宋清也无二话。

剩下五十万两银子，宋清慷慨地对朱富说："平日里都是你辛劳了，多劳多得，我看这样，我拿二十万两，你拿三十万两。"朱富一听，感动得眼泪都快流下来了，激动地说："这绝对不行，你是董事长，理应多拿。"宋清握着朱富的手说："既然我是董事长，就这样定了！以后咱们还要精诚合作呦。"朱富慌忙说："有什么不对的地方，还请董事长批评指正！"宋清拍拍朱富的肩膀走了。

当晚，朱富带了一万两银子，又买了些酒肉，去看望哥哥朱贵，二人酒至半酣，朱富说："宋江兄弟对我真是恩重如山哪，就连年终分红也给我那么多，要是干不好怎么对得起宋江兄弟的厚爱呀。"

朱贵笑了笑，说："兄弟，你是真傻呀，人家把你卖了，你还帮人家数钱哩。"朱富一愣，问道："哥哥何出此言？"朱贵说："你整天在酒厂里忙活，哪里知道当事者迷旁观者清的道理。你是比宋清多拿了十万两银子，可你知道他拿了多少吗？"

随后，朱贵给朱富算了一笔账，扈成是扈三娘的兄长，王英是扈三娘的丈夫，扈三娘又是宋江的干妹子，他们都是一家子亲戚，除了你酒厂赚的银子，那包装公司、广告公司也赚得不少，两家公司加起来听说也有一百万两银子，他们自己瓜分了你根本就不知道，你拿咱家的秘方起早贪黑酿酒，人家大把大把赚钱，你还感恩戴德，真是傻到家了。

朱富听完就懵了，第二天安排亲信喽啰到公司打听，果真同朱贵说的没有两样，包括给卢俊义和吴用的银子也只是每人五万两，宋清留下了三十万两！宋江他们一大家子亲戚带着家眷已经去东京汴梁旅游了。

朱富肺都气炸了，不禁怒从心头起，恶向胆边生，找到哥哥朱贵说："兴他们不仁，就兴咱们不义，反正在山寨也混不出个名堂，乘宋江他们都不在，还是回沂水县快活罢。"朱贵早就不想在山寨待下去了，兄弟二人带着亲信喽啰连夜回到了沂水县。

宋江、宋清等人回到梁山，才知道朱富带着酿酒秘方已经走了，水泊梁山酒品酿造总公司也随即破产。朱贵、朱富兄弟回到沂水县后开了一家酒馆，名字叫"聚义酒店"，兄弟二人苦心经营，不到三年就开了十几家连锁店，成了县里的首富。

乐和献媚

乐和祖贯茅州人氏，后流落到登州。

乐和是个聪明伶俐的人，诸般乐器学着便会，唱得也极好，人送绰号"铁叫子"。虽说吹拉弹唱样样精通，却无处混口饭吃，整日在街头游荡，后因其姐姐嫁给了登州兵马提辖孙立，才在登州大牢给他谋了看守的差事。

那孙立武艺超群，因面皮淡黄，人都称之为"病尉迟"，强盗贼寇闻之丧胆。乐和以为以姐夫的权势威名能安排个体面的工作出人头地，孙立看乐和只会耍嘴皮子，不堪重用，就让他当了个牢头，乐和虽然牢骚满腹，却也无奈。

后来孙立带着弟弟孙新等人反上了梁山，乐和也跟了去。乐和早就听说梁山好汉的各种传奇故事，可到了山上，才发现自己文不能通笔墨，武拿不动刀枪，难以在梁山立足，经过一段时间观察，他发现寨主宋江不仅懂词赋，也通音律，就极尽谄媚之能，找来宋江的词赋谱曲，在一次宴会上，乐和看众头领酒至半酣，便趁机站起来说："各位头领，小弟不才，略通些音律，俺看宋江大哥文韬武略必能成为国家栋梁，特地把宋大哥落难江州时作的《西江月》一词谱了曲，今日班门弄斧，唱来为各位头领助兴。"

随后，乐和便咿咿呀呀地唱起来，宋江不想乐和还有这般本事，便饶有兴致地听下去，当唱到"恰如猛虎卧荒丘，潜伏爪牙忍受。不幸刺文双颊，那堪配在江州"时，宋江不禁泪流满面。当乐和又唱起宋江写的反诗"他时若遂凌云志，敢笑黄巢不丈夫！"一句，宋江酒往上涌，豪情万丈，大喝一声"好"！众头领知道这是寨主作的词，懂不懂都跟着叫好。

从此，乐和成了水泊梁山的明星，深得宋江宠信，宋江走到哪里都带着乐和。

但好景不长，玉麒麟卢俊义上了梁山后当上了副寨主，还带来了他的义子燕青。那燕青长得漂亮，摔跤的本事也十分了得，更兼吹的、弹的、唱的、舞的无一不能，还谙熟各地方言，人缘极好，不久又到泰安州打败了自称天下第一跤手的任原，替水泊梁山扬名，自此燕青声名大震，人们渐渐倒把乐和遗忘了。

乐和一直在寻找机会东山再起。待到梁山一百单八将聚齐，乐和举办了一场宋江词赋专场演唱会，将宋江数年所写辞赋全部谱曲演唱，宋江大悦，对乐和大加褒奖。乐和也因此再度受到重用，担任了梁山泊军中走报机密的步军头领，排位在宋江的弟弟宋清之后，而与他一起上梁山的孙立的弟弟孙新虽然人称"小尉迟"，但排位竟比乐和低了二十三位，而且只当了个以开酒店为掩护的探子。

长期征战厮杀，人们对乐和那哼哼叽叽的靡靡之音越来越腻烦。而此时宋江一直琢磨要接受朝廷招安，却苦于山寨的众多头领都不同意，也没有心思搭理乐和。

乐和是个不甘寂寞的人。一日，梁山好汉在忠义堂宴会，觥筹交错，杯盘狼藉，宋江一心想着招安的事，心中烦闷，乘着酒兴作《满江红》一词，表露他接受朝廷招安的想法。乐和当即谱曲演唱这首《满江红》，几位反对招安的头领早已看不惯乐和平日阿谀奉承的做派，此时更是火上浇油。武松跳到桌子上大叫："整日里要招甚鸟安，却不冷了众家弟兄的心！"李逵劈手揪住乐和的衣领就是一巴掌，骂道："再唱甚鸟招安，叫你这厮吃俺一板斧！"闹得大家不欢而散。

乐和被打得鼻青脸肿，却替宋江说出了心里话，更加得到宋江的赏识。为了在山寨深入宣贯宋江的招安思想，宋江特别任命乐和为

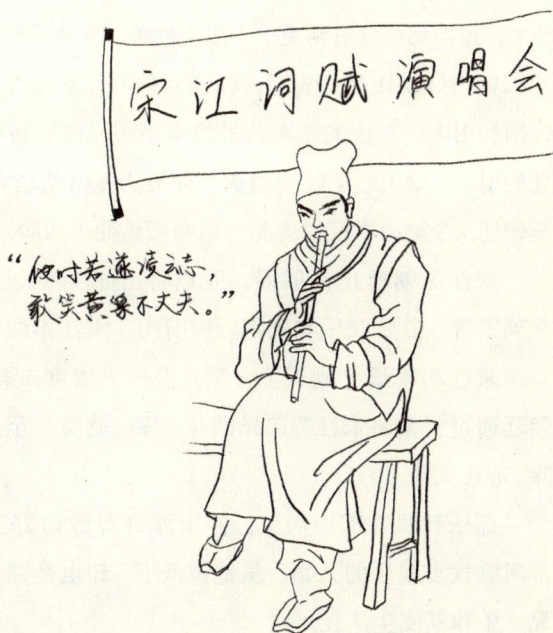

宋江词赋演唱会

"似时若遂凌云志，敢笑黄巢不丈夫。"

· 77 ·

巡回大使，到各营巡回演出，乐和还编排了许多节目，宣传接受招安后的诸多好处，什么荣华富贵，什么光宗耀祖，什么封妻荫子，直把个乐和唱得唾沫星子乱飞，嘴都肿了。

梁山将士最终统一了思想：接受招安! 乐和又为宋江立了一件大功。

如何向朝廷传递梁山好汉愿意接受招安的信息，宋江一直踌躇。后听说皇帝与东京名妓李师师有勾连，就想通过李师师牵线搭桥，宋江当下让人收拾几箱细软宝贝，带着燕青悄悄去了东京。

乐和以为宋江定会让他陪同，也可借机联络朝廷大员好为自己以后谋个好前程，不想宋江却带了燕青，一股醋意涌上心头。

那李师师既是妓女，也是个见钱眼开的人，收了宋江许多金银珠宝，果然向宋朝皇帝讨回了招安梁山好汉的敕书。乐和因嫉恨燕青，便悄悄地散布流言，说燕青与李师师关系暧昧，如让皇帝察觉，不只招安不成，还会给梁山兄弟引来灾祸。宋江知道那李师师喜爱燕青，不曾想二人真闹出了绯闻，便不敢带燕青去东京。因皇帝喜听唱曲儿，乐和也如愿以偿，得以随同进了东京。

乐和跟着宋江带着大批珍宝到处拉拢朝廷官员，这些官员大多贪腐，有钱不认爹和娘，乐和也乐得做顺水人情，反正不花自己的钱，每每酒宴，乐和还唱些淫词艳曲，逗得那些贪官污吏个个眉飞色舞、兴高采烈，连夸乐和会生活、懂生活。

梁山好汉接受招安后，朝廷对他们并不放心，就接连派宋江带着梁山军征讨辽国和田虎、王庆的叛军，虽然梁山弟兄没有折损一个，但乐和已经感觉到了朝廷的用心，梁山军早晚要覆灭，便极力笼络朝廷大员王都尉，为自己留条后路。及至朝廷又令梁山军征讨方腊，乐和预感此去凶险，送去许多金银请王都尉帮衬。

宋江见朝廷几番催促，便点将出征，忽被王都尉的家人带着王都尉的书信来到军营，说要取乐和到都尉府听用，宋江不敢得罪，只得从命。

宋江率军最终剿灭了方腊，但损失惨重，梁山兄弟折损大半，残部回师后，朝廷通过封赏将宋江等弟兄调开，逐一暗算，至此，梁山军彻底覆灭，朝廷也去除了心腹大患。

那乐和躲在都尉府里，使出浑身解数讨好王都尉，深得王都尉欢心，成为都尉府饮宴娱乐的尤物，虽地位低下，却也是锦衣美食，比之那些死去的梁山弟兄，乐和其实生活在天堂。

李逵当官

  李逵小名铁牛，善使两把板斧，江湖人称黑旋风，祖贯是沂州沂水县百丈村，因为打死了人，逃避官司，流落在江州，江州两院押牢节级神行太保戴宗看他为人忠直，最讲义气，便把李逵留在身边当了一个小牢子。

  那李逵性情粗鲁，极爱喝酒，酒醉便打人。李逵从不奈何牢里押的犯人，但吃醉了酒，专打那经常欺辱罪犯的牢子，且专一路见不平，好打强汉，江州满城人都怕他。

  宋江因罪刺配到江州，梁山军师吴用派人送信给戴宗，要他看觑宋江，李逵看宋江经常仗义疏财，对宋江也极其钦敬。后宋江醉酒题写反诗，还连累了戴宗，一并被押到刑场斩首，李逵与梁山的众头领一起劫了法场，救宋江、戴宗投奔了梁山。宋江做了寨主后，李逵可谓忠心耿耿，东拼西杀，浴血征战，屡立战功，成为宋江倚重的干将，梁山附近州县，听得黑旋风的名声，连吃奶的孩童都不敢啼哭。

  李逵也想当官，整天叫嚷：皇帝姓宋，宋

江哥哥也姓宋，他做得皇帝，偏俺宋江哥哥做不得皇帝！惹恼了黑爷爷，杀上金銮宝殿，砍了皇帝老儿，夺了鸟位，宋江哥哥就做皇帝，众家兄弟都做将军，却不快活！

梁山脚下有个寿张县，一日，李逵憋得烦闷，便偷偷独自下山，来到寿张县，赶跑了知县，他却穿上官服皂靴，定要坐堂审案，过一过官瘾。适逢两人因打架分拆不开，就来县衙告状，李逵看有人告状，大喜，听了缘由，便判道："打人的是好汉，可先放回去罢。吃打的是个不长进的，枷号在衙门前示众。"然后掣出大斧，瞪着怪眼，直看着把挨打的人号令在县衙门前方才回山。

后来宋江带着梁山众头领受了招安，人人都封官加爵，李逵也终于圆了当官的梦，官授武节将军、镇江润州都统制。李逵欢天喜地去上任了。

李逵虽是莽汉，却是孝子，先把老娘接来享福。黑旋风疾恶如仇，光明磊落，办事公道，只会秉公执法，从不贪赃害命，更有一点，再大的官也不惧怕，只听宋江一人的，不会阿谀奉承，凡有欺男霸女、逼良为娼、抢屋占地、偷盗斗殴的，一律严惩，并不姑息迁就，不到半年，就把润州治理得路不拾遗，夜不闭户，盗贼绝迹，润州的百姓都呼李逵做"黑青天"，李逵也乐意人们这样称呼他，整日价提着两柄板斧带着一帮军卒在街上乐颠颠地巡查。

时间久了，李逵便有点想梁山的那拨弟兄们了。老娘也劝李逵不能忘本，去看看哥哥们，李逵便将军政事务交给中军代管，他却领了几个贴身军汉去"串门"了。

李逵先去看望任横海军沧州都统制的小旋风柴进，倒不是他和柴进最好，只不过是两人的绰号都有个"旋风"，李逵觉得亲切。那柴进原是大周柴世宗嫡派子孙，广有田产，李逵在柴进府上住了几日，准备告别去看望别的兄弟，却好柴进的叔叔柴皇城派人送信。原来柴皇城在高唐州居住，那高唐州的知府高廉却是当朝太尉高俅的叔伯兄弟，高廉的小舅子殷天锡要强占柴皇城的花园，柴皇城因怄气卧病在床。柴进要去看叔叔，李逵正因没事发急，便也跟去了。

柴进、李逵到了高唐州，见柴皇城因被殷天锡殴打，奄奄一息，柴进说殷天锡倚势欺人，放着有明明的条例，明日定要和他打官司。李逵那里早跳将起来："这厮好无道理！若还依得条例，天下也不乱了，我只是前打后商量，先教他吃我几斧却再理会。"柴进慌忙劝住李逵，第二日，柴皇城因病重咽了气，正在办丧事，那殷天锡骑着高头大马却又带三五十人逼占花园，并让手下泼皮厮打柴进，李逵大怒，一把将殷天锡揪下马来，摔在地上，一顿拳打脚踢，竟将殷天锡活活打死。柴进看出了人命，急忙让李逵脱身逃走，他也带着叔叔的灵柩和家人逃回沧州躲避。

李逵再也无心去"串门"，径直回了润州，刚进润州地界，觉得肚饥，便进一家酒肆吃饭，酒足饭饱后，才知走得慌乱没来得及带银两，便说俺是本州统制李逵，因事走得急身上没带银子，先欠着，回头让人送来，那店主不认得李逵，骂道："你这腌臜黑厮也敢冒充统制，官府大人出巡向来前呼后拥，从不曾见你这等寒酸模样，定是假冒，休想在俺韩伯龙这里吃白食，没有银子，先打断你一条腿！"原来店主叫韩伯龙，也是这里的一霸，乃是个黑店，靠卖些假酒死猪肉宰客，李逵多曾听过往商人举报，只是急着去看朋友，还没来得及查办。黑李逵此时听了韩伯龙的名字，登时气往上撞，一斧将那厮劈做两段。

一日，李逵听得府外吵闹，便问何事，军卒回报是村夫刘老汉告状，说有人强抢他的女儿为妾。李逵听了义愤填膺，立即坐堂审理，询问何人强抢刘老汉的女儿，刘老汉哭诉是一个叫宋江的，李逵大惊，问是哪个宋江，刘老汉说是梁山招安的宋江，恐怕你不敢管，李逵大叫："怕个鸟甚！若真个是宋江抢了你的女儿，俺定会砍下他的鸟头来，爷爷的板斧可不认人！"

宋江官授武德大夫、楚州安抚使兼兵马都总管，李逵立即带着人赶到楚州责问宋江，宋江辩解从未抢过什么民女，李逵把眼瞪得像铃铛："你敢去对质么？"宋江说敢去对质，李逵说："不怕你不承认，见了刘老汉，若认得准了，俺可不饶你！"不由分说将宋江押回润州，与刘老汉对质，刘老汉却不认得宋江。原来是歹人冒充宋江抢人，李逵又带人将元凶抓获，救回了刘老汉的女儿。

李逵去找宋江赔罪，宋江显得很大度，说："都是自家兄弟，没甚么大不了的，今后做事千万不可鲁莽。"李逵对宋江感激涕零。

其实宋江心里并不痛快，一直耿耿于怀，只是当时碍于情面，也不好多说甚么。过后，宋江想，这莽汉整日价如此折腾，办事全没有一点通融的余地，打死殷天锡的事朝廷还在追查，今后还不知再弄出甚么大事来，梁山这拨受招安的兄弟原本朝廷就不信任，到时须连累了众人，不仅官保不住，说不定连命都丢了。想到这里，就配了一杯慢性药酒，然后让人去招李逵前来厮会。

　　李逵见宋江哥哥唤他，不知有何要事，火速赶来。宋江说："也没甚事，只是思念，近日寻得好酒，想与铁牛兄弟小酌几杯。"李逵的眼泪都快流下来了，说："哥哥公务繁忙，还挂念着铁牛，哥哥有事，尽管唤俺，上刀山下火海，铁牛也只认宋哥哥。"

　　李逵喝了药酒，恋恋不舍地离开楚州，骑马走到半途，药力发作，从马上摔下身亡。宋江奏报朝廷，称李逵在追捕盗贼时不幸阵亡。几日后，朝廷下旨，追认李逵为烈士，宋江的心病也就此消除。

施恩霸市

施恩绰号金眼彪，父亲是孟州安平寨牢城营的管营（相当于现在的劳改局长）。

施恩自幼跟从江湖上的师傅，学得些枪棒在身，倚仗父亲的权势，竟成了孟州一霸。

孟州东门外有一座市井，地名唤做快活林，那些山东、河北的客商们都来这里做买卖，开有一百多处大客店，三十多个赌场，还有几家妓院，生意好不红火。施恩看得眼红，就凭着自己身上那点花拳绣腿的本事，又从牢城里带出来八九十个亡命囚徒，在快活林开了几个酒肉店，强买强卖，把酒肉都卖给那里的客店、赌场、妓院，稍有不从就指使亡命徒去寻衅滋事，轻则讹诈些钱财，重者杀人放火，还要缴纳保护费，就连过路的妓女也必须先拜见施恩，让施恩得些好处，否则无法在孟州存身。施恩的父亲虽然知道儿子的所作所为，却睁一眼闭一眼，从不过问，恣意纵容，人们敢怒而不敢言。施恩就这样每月要在快活林捞取三百多两银子的黑钱。

后来孟州新来了个张团练（也就是现在的武装部长），带了个大汉叫蒋忠，此人身长九尺，使得好枪棒，搋拳飞脚，相扑为最，果然一身好本事，人称蒋门神，自称三年上泰岳争跤，普天之下，不曾有对。那蒋忠也看上了快活林这个好去处，便带了几个团勇来与施恩敌对，施恩哪里是蒋门神的对手，被打得鼻青脸肿，嘴歪眼斜，胳膊都折了，两个月都起不来床。施恩又寻了一伙亡命徒去报仇，却被蒋忠手下的团勇揍得落花流水，毕竟施恩手下不过是一群乌合之众，蒋忠却是训练有素的正规军，再加上张团练在后边撑腰，施恩恨得牙都咬碎了，却又无可奈何。最终被蒋忠来了个黑吃黑，蒋门神那厮还扬言：施恩如敢再踏进快活林半步就把他的腿打断！

施恩此后又找来几个江湖师傅想重新夺回快活林，但都被蒋忠打得骨断筋折。忽一日，施恩的父亲回来说："今日新发配来一个囚徒叫武松，曾做过都头，因杀了害死他哥哥武大郎的嫂子潘金莲和奸夫西门庆被刺配到孟州。那厮十分狂荡，差拨依照惯例去索要些人事银子，没要来半文，反被那厮臭骂了一番，差拨明日定要打他一百杀威棒，打杀了他出一口恶气。"施恩听了忙问："莫不是景阳冈打虎的武松？若真个是他，却有人帮俺报冤仇了。"管营道："不可信他，谣传罢了。"施恩高兴得欢天喜地，说："江湖上都传遍了，岂能有假？俺自看觑他，让他替俺报仇。"

经施恩通融，武松免了那一百杀威棒，让他住在单间里，全新的铺盖，又换了一身新衣服，净面美发，每天有酒有肉，还洗着桑拿浴，牢中的狱卒也都小心伺候。武松好生纳闷，这哪里是坐牢啊，简直比住在宾馆里还舒坦，便问狱卒缘由。狱卒言称是小管营施恩安排的。武松即让狱卒唤施恩来，施恩慌忙过来说："小弟确有事相央，只怕兄长远路到此，气力有亏，未经完足，欲请兄长将息半年三五个月，那时却对兄长说知备细。"

听了施恩一番话，武松不禁豪情万丈，呵呵大笑道："俺去年害了三个月疟疾，景阳冈上酒醉里三拳两脚便打死了一只斑斓猛虎。你道俺没气力了，天王堂前那个石墩约有多少斤重？"施恩道："少说也有三五百斤重。"武松要在施恩面前逞能，来到石墩前，把那个石墩抱起只一撇，扑地在地上砸了一尺来深的坑，又上去把石墩掷起离地一丈来高，双手接住放回原处。众人见了，尽皆骇然，再看武松面上不红，心头不跳，口里不喘。施恩抱住武松便拜，说："兄长非凡人也，真天神！"随即请求武松援手夺回快活林。

俗语说吃人嘴软，拿人手短，何况武松也是个爱管事的霸王，好杀人的魔头，满口应承。施恩的父亲老管营亲自摆宴为武松把盏，说："义士如此英雄，谁不钦佩！愚男原在快活林中做些买卖，非为贪财好利，实是壮观孟州，增添豪侠气象。不期被蒋门神倚势豪强，公然夺了这个去处，非义士英雄，不能报仇雪恨！"并教施恩拜武松为兄长，结为弟兄。

第二日，武松便跟着施恩离了安平寨，赶往孟州东门，老管营又暗暗地拣选了几十条壮汉慢慢地随后接应。武松到了快活林，先寻衅把蒋门神的店家、小妾痛打一遍，把酒店也砸了，最后把蒋门神打得挣扎不起、跪地求饶。武松又恶狠狠地说："从今日起，便要你离了这快活林，连夜回乡去，不许在孟州住! 在这里不回去时，见一遍，打你一遍，见十遍，打你十遍! 轻则打你半死，重则结果了你性命!"蒋门神连夜收拾了行李抱头鼠窜。

从此，施恩又重霸快活林，而且卖出去的酒肉又加收五分利，保护费也是加倍收取，众人哪敢言语，只有忍气吞声。

蒋门神不甘受辱，找张团练商议对策。张团练听完蒋门神哭诉，说："不妨事，我的结义弟兄张蒙方，现为孟州守御兵马都监 (现在的军分区司令)，请他出面设计除掉武松，还怕快活林不是咱们的?"蒋门神与张团练带了许多银子去找到张都监，让他知会孟州知府，把武松陷害押进了死囚牢，施恩找到他的朋友两院押牢节级 (相当于检察长) 康节级疏通，康节级说："张都监只要结果武松性命，上下都是蒋门神贿赂，我们都接了他的钱，如要保全武松性命，定要让当案的叶孔目 (相当于法院院长) 早断出去。"施恩取了一百两银子留给康节级，另送一百两银子给了叶孔目，又上下都使了钱，只求保全武松的性命，最终把武松脊杖二十，刺配恩州。

蒋门神看武松下了死囚牢，便又领了一伙军汉，把施恩痛打一顿，再次霸占了快活林。武松被押送恩州，蒋门神又买通两个防送公人，要在飞云浦结果了武松，并派两个徒弟跟去相帮，不想反都被武松杀了。此时的武松怒从心头起，恶向胆边生，又折返回孟州城。

那张都监、张团练和蒋门神以为武松此番必死无疑，正在鸳鸯楼上饮酒庆贺，全被武松杀了，武松杀得性起，连同丫鬟、养娘、马夫，见一个杀一个，加上飞云浦那四个，总共杀了一十九人。随后武松偕同施恩一家投二龙山鲁智深、杨志处落草避难，后来都上了梁山。

雷横落草

山东郓城县雷横为因膂力过人，能跳三二丈阔河涧，且有一身好武艺，满县人都称他做"插翅虎"。此人心地褊狭，原是打铁匠人出身，后来办过杀牛作坊，开过赌场，可这样一个市井混混，竟然混成了县衙里的公务员，还当上了专管擒拿贼盗的都头（相当于现在的刑警队长）。

郓城县并不太平，黑恶势力活动猖獗，雷横就是黑恶势力的保护伞，蛇鼠一窝，狼狈为奸，从中捞取好处。

东溪村保正晁盖乃是地方一霸，号称"托塔天王"，他听说大名府梁中书为其丈人太师蔡京置办了金珠宝贝做贺寿的生辰纲，价值十万贯，要押送东京蔡京处，便纠集智多星吴用、入云龙公孙胜、赤发鬼刘唐以及阮氏三雄等人，密谋劫取生辰纲。刘唐接到晁盖的信息后立即连夜赶往东溪村，不想途中正撞见带队巡逻的雷横，雷横看刘唐生得凶猛，又无身份证明，不像良善之辈，即以有作案嫌疑命捕快将刘唐拿下，准备押回县衙请赏。吃拿卡要惯了的雷横看离东溪村不远，便说："走得肚饥，我们且押这厮去晁盖庄上，讨些点心吃了再回县衙讯问。"

晁盖听庄客说是都头雷横带人夜巡到此，慌忙起来接待，安排下果品、菜蔬、酒肉，雷横也不推辞，只管与捕快们大吃大喝。晁盖陪雷横吃了五七杯酒，便出去净手，见刘唐被捆绑在门房里，大吃一惊，此时雷横等人酒肉也吃得饱了，眼见天已大亮，就押着刘唐要回县衙。晁盖拉住雷横说："都头且住，今番捉的汉子，却是我的外甥，他吃多了酒跑出去乱疯，不想撞在都头手里，还请都头看我薄面通融一下。"说完，取出十两花银送与雷横。雷横吃了晁盖酒肉，又得了这么多银子，也就做个顺水人情，很爽快地说："令外甥又不曾做贼，我们见他面生，深夜还在外面乱蹿，因此设疑，才拿了他。既是晁保正的亲戚，肯定是我们拿错了，甚是得罪。"即令捕快把人放了。雷横却不知晁盖一伙不久就把那送给太师蔡京的十万贯生辰纲设计抢劫了。

后来晁盖等人劫掠生辰纲事发，济州府差缉捕观察何涛坐镇郓城县督办此案。知县时文彬见自己的治下竟出了做出通天大案的盗贼，即令县尉带着都头雷横及众多捕快乘夜前去缉捕。雷横因自己贪财放了刘唐，刘唐却跟着晁盖做出此等大案，吓得一直不敢做声，今见县尉让抓捕晁盖、刘唐等人，一则他知道这些人个个武艺出众，自己这帮衙役捕快不是对手，如去硬拼，自己不死也伤；二则又怕万一捉住了晁盖、刘唐，他们在知县处说出自己得银放人之事，肯定吃不了兜着走，落个私通盗贼的罪名，身陷囹圄不说，性命也难保住。雷横左右为难，便咋呼着撺捕快四处寻人，而他自己嘴里喊得热闹，腿却不动弹。晁盖也知道雷横不是真心拿人，就带着那十万贯金珠宝贝连同刘唐等人投奔水泊梁山落草。

就这样闹腾了一夜，一个贼人也不曾捉住。雷横便以窝藏包庇为由，抓了晁盖的几个邻居回去交差了事。

晁盖在水泊梁山招兵买马，做起了草头大王。一日，雷横从东昌府出差回来，路过梁山路口，几个小喽啰竟拦住雷横讨要买路钱，雷横大怒，说："俺便是郓城县都头雷横，若要买路钱，让晁盖自来取。"小喽啰一听，原来是晁天王的老乡，慌忙上山报告，晁盖亲自带人把雷横接到山上，叙了旧情，婉曲把话来说雷横上山入伙，雷横其实心里看不起晁盖一伙人，心想自己大小也是政府的公务员，吃穿不愁，日子过得也挺滋润，如落草为寇，却不让人耻笑。就推说老母年高，不能相从，待送老母终年后再来相投。晁盖等人看苦留不住，众头领各以金帛相赠，雷横得了一大包金银，乐颠颠地回郓城县了。

后来郓城县的知县时文彬调走，新任知县恶雷横骄横跋扈，逐渐冷落雷横。失宠的雷横心中烦闷，听说从东京来了个歌妓叫白秀英，色艺双绝，吹拉弹唱无所不能，歌舞演戏样样精通，整日赚得人山人海价看，雷横便来到戏院散散心，远远就听到里面不住声地喝彩。众人看雷横阴沉着脸走进来，知他心里不痛快，纷纷避让，雷横选一个上好的位子坐了，看那白秀英咿咿呀呀地唱，果然名不虚传，雷横心中烦闷登时烟消云散。

那白秀英唱到关紧处便打住，拿着一个托盘来收赏钱，先到雷横面前，嘴里念道:"财门上起,利地上住,吉地上过,旺地上行,手到面前,休教空过。"雷横是白吃白喝白拿白要白听白看惯了的,身上几曾带过银子?又几曾为看戏付过银子?白秀英看雷横不想出钱,便说:"官人坐当其位,理应出头份。"原来雷横坐的是首位。白秀英的父亲白玉乔叫道:"我儿,你自没眼,不看城里人村里人,只顾问他讨什么?且过去找那晓事的官人罢。"有认得的忙道:"不得胡说,这个是本县的雷都头。"那白玉乔道:"什么都头,只怕是驴筋头!"雷横听了大怒,骂道:"这忤奴,怎敢辱我?"白玉乔两眼一瞪:"便骂你这三家村使牛的,打什么紧!"

雷横从未受过此辱,哪里还忍耐得住,怒火上撞,从坐椅上直跳下戏台来,揪住白玉乔,一拳一脚,打得唇绽齿落。众人见打得凶,都来解拆,先劝走雷横,戏院的人一哄而散。

原来这白秀英却是新任知县的相好,因此她父才仗势嚣张,不把雷横这个都头放在眼里。那白秀英看老父被打成重伤,径来县衙找知县哭诉,撒娇撒痴,定要知县发落雷横。那知县正寻雷横短处,当即差人把雷横捉拿到官,当厅责打,将具枷来枷了,押出去游街,可怜雷横要逞好汉,却被一个婊子奈何得威名扫地。

那白秀英在茶房吃茶,却让禁子把雷横拘在戏院门前示众,众禁子虽然都与雷横交好,可有知县替白秀英出头,不敢不依。雷横的母亲来送饭见了,就去解绳索,还大骂白秀英:"你这千人骑、万人压、乱人入的贱母狗,直恁地倚势!"白秀英听了大怒,抢上前只一拳,把老婆婆打个踉跄,又赶上去,老大耳光子只顾打。雷横早已衔愤在心,又见母亲吃打,一时怒从心发,扯起枷来,望着白秀英脑盖上只一枷梢,打个正着,劈开了脑盖,脑浆迸流,眼珠突出。

众人见打死了白秀英,就押着雷横到县衙,知县令当牢节级美髯公朱仝解送雷横到济州府断结此案,教雷横偿命。不想那朱仝却是雷横的挚爱好友,平时和雷横最好,看他吃了人命官司,就一心要救他性命,押解到一个酒店,朱仝让随行的小牢子都去吃酒,乘人不备,竟把雷横放了。

雷横从酒店后门小路奔回家里,收拾了细软包裹,引了老母,星夜投梁山泊入伙去了。

武松出家

    武松乃清河县人氏，自幼父母双亡，与哥哥武大郎相依为命。

    那武松生得高大俊秀，更兼学得一身好武艺。武大郎却长得短矮黑粗，人皆呼之为"三寸钉"，均看他不起，得便欺辱他，却惧怕武松。

    一日，武松又见当地一泼皮欺凌兄长，一时性起，只一拳将那厮打得昏沉，武松只道那厮死了，怕吃官司，便流落江湖，结识了宋江、柴进等江湖好汉。

    几年后，武松得知那泼皮竟没有死，又放心不下哥哥，便想回乡看个究竟。路过阳谷县地面，武松走得肚中饥渴，遂走进一家酒店，买酒肉吃。武松连吃了三碗酒，那店家却不再卖酒给他，言称此地叫做景阳冈，因冈上有猛虎出没伤人，官府规定"三碗不过冈"，怕过往客人吃醉了酒被猛虎所伤。

    武松以为店家说大话唬人骗客人住店，硬是连吃了十八碗酒，摇摇晃晃却向那景阳冈

走，店家苦拦不住，只得随他去了。武松上得冈来，却见了官府的印信榜文贴在树上，原来端的有猛虎在景阳冈树林出没，武松欲待再转回酒店，又怕店家耻笑，便寻思也不一定就真个撞上老虎，硬着头皮走上景阳冈，来了个明知冈有虎，偏向冈上行。

武松刚走进树林茂密处，果然跳出一只吊睛白额猛虎，吼叫一声扑向武松，武松心头一惊，酒登时就醒了，拼着性命与那猛虎搏斗，因客商皆不敢从冈上过，那猛虎已经饿了几天，腹内空虚，扑了几次都被武松闪过，武松看猛虎力竭，揪住虎头顶皮按在地下，一通拳打脚踢，把猛虎打得七窍流血，竟被武松打死了。

武松成了打虎英雄，一时声名大噪。阳谷县知县看武松如此雄壮，便让武松做了步兵都头。武松想哥哥，赶回清河县祖宅。自从武松逃走后，武大郎也没了仗势，常受人的欺负，如今看武松做了邻县的都头，光宗耀祖，竞相来巴结。一个大户还把使女潘金莲嫁给了武大郎做老婆。

武松举家迁到了阳谷县，知道哥哥有做炊饼的手艺，在紫石街租了个铺面，又拿出些银子做本钱，每天在街道卖炊饼维持生计，武松平日去县衙当值，有了闲暇就回来与哥哥团聚。

那潘金莲长得颇有姿色，也是个水性杨花的，无奈跟了武大郎，见了武松威猛英俊，便想勾连他，缝补洗涮照顾得武松体贴。一日，潘金莲对武松说："叔叔整天忙着公务，身边也没人照应，可知叔叔寂寞，也该成个家了。"武松漂泊得苦，也想觅个稳定居所，便买了些绫罗绸缎给嫂子，请她帮忙张罗亲事。那妇人满心欢喜，以为武松对她有意。

过了几日，武大郎出去卖炊饼，潘金莲只把话来挑逗武松，要与武松喝交杯酒寻欢。武松大怒，劈手摔了酒杯，说："长嫂比母，嫂嫂休要恁地不识羞耻，做出那等败坏风俗没有人伦的猪狗勾当！"潘金莲被骂得粉脸通红，再不敢纠缠武松，却勾搭上了阳谷县的富户西门庆，还总想除了武大郎做长久夫妻，却碍着武松不敢下手。

阳谷县知县看武松精干，便差他带人到东京汴梁找亲戚送些珠宝银两，好调回汴梁谋个京官做。武松走后，潘金莲和西门庆肆无忌惮，不想被武大郎抓个正着，西门庆竟将武大郎打成重伤，又用砒霜毒死了武大郎，直说是害病死了。

武松到汴梁出差两个月回来，哥哥武大郎竟死了，很快他查明竟是嫂子潘金莲与西门庆通奸害死了哥哥，便杀了潘金莲和西门庆两个狗男女，逃到他把兄弟金眼彪施恩处躲避。

施恩的父亲是孟州牢城的管营，也是孟州一霸。孟州东门有个市井唤做快活林，山东、河北的客商都来这里做买卖，有百十处大客店、三二十处赌坊，施恩倚势在这里开了个酒肉店，客店、赌坊都要向他缴保护费，否则不许开业，每月能搜刮三二百两银子。后来此地来了个蒋忠，最善相扑，江湖人称"蒋门神"，把个施恩打得筋断骨折，夺了快活林。

施恩正烦恼，看武松来了，撺掇武松又把蒋忠痛打一顿，重新霸住那快活林。孟州守御兵马都监张蒙方帐前正缺人手，听得武松英勇，便让武松做了亲随，武松早晚侍候，甚是殷勤，张都监也把他当体己人看待。

就这样在都监府内一月有余，全府上下都敬重武松。张都监有个心爱的丫鬟叫玉兰，聪明伶俐，极能针织，都监待她如同自己女儿一般，许与武松做妻室，准备选个吉日完婚。武松也喜爱玉兰，听了都监的话，自是从心中感激，眼巴巴等着完婚的吉日。

那蒋忠吃了武松的打，去找姐夫商议报仇。他姐夫也姓张，是孟州团练，正与张都监是拜把子兄弟。张团练听了小舅子的哭诉，又听得说武松现在把兄张都监处当差，就去寻张都监，说了自己舅子被打一事。张都监平日与张团练最好，虽也喜欢武松一身本事，却抹不过兄弟的情面，便指使玉兰去武松房内，言称拿脏衣服去浆洗，却将些珠宝藏在武松床下，玉兰刚走，一帮军汉便冲进武松房内，不由分说捆翻在地，从床下搜出那包珠宝，诬称武松偷窃。

却说蒋忠与张都监、张团练一伙串通，要结果武松性命，武松怒从心头起，恶向胆边生，使出打虎的本事，将那张都监、张团练、蒋忠都杀了，玉兰听见动静，跑过来看，见血泊里躺着几个人，惊得呆了，做声不得。武松骂道："贱人！俺诚心待你，你却与他们合伙害俺！"向心里只一刀也搠死在地。

武松投奔水泊梁山落草，武松一向与宋江交厚。宋江怜惜武松四处漂泊，便说："此前梁山军攻破祝家庄，捉得一个一丈青扈三娘，现认在我父亲处做义女，我看她却与兄弟相配，待征战稍停，我与你俩做媒，做个夫妻。"武松见那扈三娘不仅貌美，且武艺出众，扈三娘也早就听过武松的大名，又见武松一表人才，俩人英雄相惜，甚是投缘，稍有空闲便到金沙滩水边闲耍，互诉衷肠。众头领也都钦羡，说他二人是天做的一对，地造的一双。

宋江大闹清风山后，又新收了小李广花荣、霹雳火秦明、镇三山黄信、锦毛虎燕顺、矮脚虎王英、白面郎君郑天寿、小温侯吕方、赛仁贵郭盛、石将军石勇等九位好汉，其中只有花荣与宋江交好。此时，宋江在梁山做第二把交椅，天王晁盖是梁山寨主，那晁盖在山寨盘踞已久，心腹众多，宋江觊觎寨主之位，奈何势单力薄，正想利用花荣这股势力，为了笼络他们，宋江就搞起了裙带关系，做媒让花荣的妹妹嫁给秦明，却把扈三娘许配给了王英，还在山寨为他们举办了隆重的集体婚礼。

武松见宋江食言，便去找宋江理论，宋江虽也把武松当作心腹，也是宋江集团的重要人物，可武松毕竟只是孤身一人，为了多拉选票，也只好委屈武松了。便语重心长地劝武松要顾全大局，以集体利益为重，舍小家顾大家，还保证以后有机会一定再给他找个好的。

武松与扈三娘情意甚笃，这个决定对武松来说无异晴天霹雳，可他又无可奈何。

在感情上连遭挫折，武松觉得世态炎凉，心灰意懒，在征讨方腊胜利后，再也不想与人争斗，便在杭州六合寺出家，颐养天年。

安道全行医

安道全是建康府人氏，医术精湛，在江湖上很有些名头。

浪里白条张顺在浔阳江卖鱼时，其母突患背疾，请遍名医、使尽百药，却不得痊愈，眼见得性命不保，幸遇安道全，那安道全果然不凡，药到病除，这也使安道全声名大震，人皆呼之为"神医"，张顺也与安道全友情甚笃，在张顺投奔水泊梁山之前，两人交往甚密。

却说宋江因要救玉麒麟卢俊义，率领梁山军马攻打大名府，镇守大名府的梁中书却是当朝太师蔡京的女婿，大名府城高壕深，兵强马壮，且有闻达、李成等悍将，宋江率军攻打多日不下，蔡京又调集多路军马救援大名府，虽说各路朝廷援军均被梁山军马击退，可大名府攻不破就救不出卢俊义，宋江连日愁闷，神思疲倦，一卧不起，军师吴用看了，见背上竟生了恶疽，如毒气攻心，性命堪忧，即令张顺昼夜兼程去请安道全。

张顺与安道全已多年没有来往，不想安道全正与烟

花娼妓李巧奴打得火热，便百般推辞，张顺磨破了嘴皮才说动了安道全，那李巧奴又撒娇撒痴不让安道全动身，张顺看安道全又犹豫不决，一怒之下杀了李巧奴，割下衣襟，蘸血在墙上写道："杀人者，我安道全也！"安道全被逼无奈，只得随张顺去为宋江医病。

安道全到了梁山寨中，看宋江已是气若游丝，生命垂危，安道全并不慌张，先把艾焙引出毒气，然后用药，外使敷贴之饵，内用长托之剂，不过五日，宋江便渐渐皮肤红白，肉体滋润，十日之后，疮口逐渐痊愈，饮食如初。

宋江病愈，振奋精神，与军师吴用谋划利用元宵节大名府城防松懈，先派鼓上蚤时迁、两头蛇解珍、双尾蝎解宝、摸着天杜迁、云里金刚宋万等多名头领潜入城中埋伏，然后驱兵大进，一举攻破大名府，救出了卢俊义。安道全也随军上了梁山。

到梁山后，安道全当了掌管专治诸疾内外科的头领。宋江感念安道全曾救自己性命，虽然安道全上山较晚，且无尺寸之功，却在水泊梁山一百单八将中坐上了第五十六位交椅，就是梁山的开山元老杜迁、宋万等也不及他。

刚上山时，众头领见宋江器重安道全，大家对他也是礼遇有加，但随着时间的推移，安道全救宋江性命之事渐渐被人淡忘了，而安道全又不能征战，众头领下山攻城拔寨，免不得受些皮肉创伤，可这种创伤普通医士均能医治，根本用不着"神医"出马，"神医"的名号逐渐淡出了江湖。

安道全看自己门前冷落车马稀，倍感失落，想起自己当年顶着"神医"的名头，吃喝无忧，享受着花天酒地的日子，哪曾过如此寂寞寡淡的生活，心头直恨张顺杀了自己的姘头，把自己逼上梁山，如今却卸磨杀驴，整日价愤懑不已。

却说宋江等经过多年征战厮杀，竟聚集得数十万军马，朝廷多次清剿都被打得丢盔弃甲，溃不成军，最终只得下旨招安，宋江等头领均封官加爵，从此，啸聚梁山替天行道的豪杰成了朝廷统治百姓的鹰犬，离开山寨驻进了繁华都市东京汴梁。

众头领哪曾享受过如此的荣华富贵，整日沉迷在灯红酒绿之中。矮脚虎王英本就是个色鬼，眼见得东京朝朝莺歌燕舞，时时纸醉金迷，陷入胭脂阵中不能自拔，竟染上了花柳病，又不敢声张，只好悄悄找到安道全，送给他五百两银子，求安道全保住自己的"命根子"，此等小疾对安道全来说不过是举手之劳，几剂汤药下去就痊愈了。王英自然是感激涕零，安道全正因囊中羞涩烦恼，也乐得收几百两银子花销。

时日久了，众头领却生出许多富贵病来。黑旋风李逵嗜酒成性，最终酒精中毒；菜园子张青和母夜叉孙二娘两口子想要孩子却不能生育；玉臂将金大坚、圣手书生萧让终日里帮达官贵人刻印、临摹书法，直弄得腰肌劳损；花和尚鲁智深酒肉过量，患了高血压；智多星吴用因中风成了半身不遂……

梁山头领纷纷落马，大家都想起了安道全。

安道全的门庭又逐渐热闹起来，安道全趁机又打出了"神医"的招牌，开办了一家诊所，号称"妙手回春，包治百病"，带了一大帮徒弟，一般都是徒弟出诊，安道全每个星期只坐诊一天专家门诊，虽然安道全的专家门诊收费高得有点过头，但人们还是趋之若鹜，每次都有几百个病人家属排队，白日鼠白胜看此中有利可图，专门宴请了安道全，请安道全每次把坐诊时间提前告诉他，安道全以为无所谓，就答应了白胜，此后，每次安道全坐诊，白胜就提前安排一帮小喽啰前去排队占号，然后再以每个号十两银子卖给病人家属，白胜以此每天竟也能赚取上千两银子。

浪子燕青本是个浪荡公子，吹拉弹唱样样精通，不知怎地勾连上了东京名妓李师师，有机会就与李师师厮混在一起，燕青为讨好宋江，便把李师师介绍给他，宋江哪曾见过如此美貌的娇娘，也不谙风花雪月之道，情急之下，全不能行那男女之事，燕青就是宋江肚子里的蛔虫，知道寨主的难言之隐，便主动为主子分忧，找到安道全说明原委，不想安道全还在记恨宋江冷落他，任燕青说得唾沫星子乱飞，安道全就是不肯为宋江医治。宋江无奈，只得拉下脸，厚着面皮亲自登门求安道全赐一良方，安道全借机狠敲宋江的竹杠，来了个狮子大张口，讹了宋江几千两银子。

宋江吃了个哑巴亏，嘴上没法说，心里却恨透了安道全。后来，宋江被朝廷派出去攻打方腊，便借机让安道全随军南下，剿灭方腊后，安道全便不明不白地阵亡了，就似人间蒸发了一般，各位头领都忙着找朝廷讨要封赏，也无人惦念安道全的死活，一代"神医"从此陨落。

侯健制衣

侯健是病大虫薛永的徒弟，人看他生得黑瘦轻捷，皆呼之为"通臂猿"。侯健虽然惯习枪棒，却是做得第一手裁缝，端的是飞针走线，江州无为军候补通判黄文炳见他手巧，便将他藏在府中，成了黄文炳家的私人裁缝。

这黄文炳虽读经书，却是阿谀谄佞之徒，知道新任江州知府蔡九是当朝太师蔡京的儿子，黄文炳极尽巴结之能，指望蔡九引荐他出职做官，那蔡九看他不起，黄文炳几次到蔡九府上拜访，都不得见，被门官撵了出去。没奈何，黄文炳便让侯健按照蔡九的身材，精心选料，用金丝银线制作了一领锦袍，送到蔡九府上，蔡九穿在身上，不仅十分合身，还透出尊贵之气，蔡九很是喜欢，直夸黄文炳会办事。

宋江因杀了阎婆惜被发配江州，心中郁闷，一日喝醉了酒，在浔阳酒店的墙壁上题了几句诗。却说黄文炳这厮一心想谋取官位，见了这首诗，如获至宝，抄录下来去找蔡九，密告宋江谋反，先把宋江打得皮开肉绽，打入死囚牢。蔡九一面向其父蔡京上书，举荐黄文炳之功，一面安排将宋江就押赴市曹斩首。

水泊梁山众头领却劫了法场，救出宋江，把个官兵杀得七零八落。宋江咽不下这口气，定要杀了黄文炳雪恨。薛永知道徒弟侯健在黄文炳家做事，怕受连累，就把侯健寻来，引荐给宋江，当天夜里，侯健先做内应，在黄文炳家里放了一把火，梁山头领乘乱攻杀，将黄文炳一门内外大小四五十口尽皆杀了，不留一人，最后又碎剐了黄文炳。

侯健跟着上了梁山，做了个小头领。

这侯健只会裁缝，枪棒却是跟着薛永学的，薛永尚且打不过没遮拦穆弘，侯健的三脚猫枪棒就更是马尾拴豆腐提不起来了，梁山军每次下山征战均不带他，日子久了，侯健看自己寸功未立，众头领也看他不起，得不到重用，心中苦闷。

一日，他见梁山军凯旋回营，却见小李广花荣因拼杀将战袍撕了。侯健看了半晌，灵机一动。他知道花荣是宋江跟前的大红人，便想借此机会结交花荣，请他在宋江面前提携自己。

侯健忙了几日，做了一领新战袍，是完全按照当年汉朝飞将军李广战袍的样子制作的。侯健小心翼翼捧着锦袍找到花荣说："小弟看花荣哥哥的战袍撕破了，便又精心制作了一领，俺想哥哥既然有着小李广的诨名，就该名副其实，请人找了图样，仿照李广的战袍依样做的，也不知哥哥穿上如何。"

花荣听了大喜，连忙接过换在身上，不仅合身，还把花荣衬托得更加高大威猛。花荣心下喜欢，连说："兄弟虽然枪棒不济，可有这裁缝绝技，倒也可为山寨建功立业。"

小温侯吕方和赛仁贵郭盛是宋江的两个贴身护卫，整日价与宋江形影不离，侯健知道这两个人长得俊秀，深得宋江的欢心，他们的意见也非同小可，便又分别依着汉末第一武将温侯吕布和唐朝名将薛仁贵战袍的样子，一人给他们制作了一套，吕方、郭盛二人果然欢喜。

侯健又多次请花荣、吕方、郭盛饮宴，三人也果然帮忙，在宋江面前举荐。宋江听了将信将疑，便让侯健先为山寨制作旌旗袍甲，试试侯健的本领，再做计较。

那侯健看机会来了，使出浑身解数，只为讨得宋江等人欢心谋个好的前程。侯健先在山顶竖了一面杏黄大旗，上书"替天行道"四个大字。在忠义堂前绣红旗两面，一书"山东呼保义"，一书"河北玉麒麟"。堂前柱上朱红牌两面，各有金书七个字，分别是"常怀贞烈常忠义"和"不爱资财不扰民"。外设飞龙飞虎旗，飞熊飞豹旗，青龙白虎旗，朱雀玄武旗。在中军造下青幡皂盖，另有四斗五方旗，三才九曜旗，二十八宿旗，六十四卦旗，周天九宫八卦旗，一百二十四面镇天旗。众头领的盔甲衣袄也都是重新设计制造，各依马军、水军、步军、炮军分列，端的是旌旗鲜明，气势果然不凡。

宋江看侯健把水泊梁山整治得气象一新，对花荣、吕方、郭盛说道："你等所言不虚，看来原先却是冷落了他，不想他有这等本事，就升他做掌管旌旗袍袄的大头领罢。"

　　侯健如愿以偿受到了梁山重用，在七十二地煞星中排名三十五位，而他的师傅薛永才名列四十八位，侯健竟比师傅的排名还高了十三位。

　　从此，侯健也成了大忙人。一场征战下来，众头领以及小喽啰的旌旗盔甲衣袍大多损毁，如要更换必须要经侯健审批签字，侯健却也深谙为官之道，凡来找他签字更换盔甲战袍的，他总是支支吾吾地说："现在山寨经费紧张，咱们还是要发扬艰苦奋斗的作风嘛，俗话说新三年旧三年，缝缝补补又三年，不能稍有破损就换新的呀。"

　　时间长了，众头领也都明白了侯健的意思，把些战场上的战利品送他，有时也给侯健塞个红包，而这时的侯健总是眉开眼笑，什么事都好办。而侯健也很会做人，有了闲暇就往宋江、卢俊义家里跑，给他们送去新式的衣甲，就连他们的家人穿的袍服，也都是侯健亲自设计制作，侯健听说宋江的父亲宋太公信佛，就悄悄送去一尊金菩萨，宋太公喜得合不拢嘴，见到宋江就说："侯健那孩子不错，你可不能亏待了他。"

　　侯健慢慢在梁山站稳了脚跟，手里又掌握着制造衣甲的大权，索性自己也开了服装公司，凡山寨需要的衣甲，都是侯健设计，然后拿到自己的公司去制作，还贴上名牌的标志，返销到梁山牟利。

　　侯健再不是原来的寒酸样子，有了自己的别墅、轿车，成了梁山水泊的富户。

朱仝钻营

朱仝生得貌如重枣，目若朗星，身长八尺四五，有一部虎髯，长一尺五寸，更兼武艺出众，善使一杆朴刀，寻常百十个人都近他不得，人皆呼之为"美髯公"。

朱仝原是山东郓城县的富户，虽然有的是银子，可苦于没有社会地位，便花银子捐了个官。知县知他武艺超群，让他在本县当了巡捕都头，分管马兵，与另一位分管步兵的都头插翅虎雷横搭档。

却说那朱仝颇有心计，自从当上都头，专一结交当地豪绅权贵，且并不收受钱财贿赂，博了个仗义的虚名。

东溪村保正晁盖乃当地一霸，明里是当地乡绅，暗地里却同一拨江湖好汉做着剪径的勾当。朱仝与晁盖过往甚密，虽也知道晁盖做下的行径，一畏晁盖有钱有势，全县上下都有人帮他说话，又怕晁盖一伙穷凶极恶，杀人报复，只睁一眼闭一眼，常还与他做个眼线，通风报信，晁盖一伙对朱仝感恩戴德，经常拉一些富豪与朱仝在一起筵宴。

晁盖一伙也真个胆大包天，竟纠集了智多星吴用、入云龙公孙胜、赤发鬼刘唐以及阮氏三兄弟等一伙亡命徒劫了生辰纲。那生辰纲非同小可，乃是大名府梁中书孝敬他丈人蔡京的，总值十万贯。蔡京乃当朝太师，官居一品，且数额巨大，此案一时全国震动，成了惊天大案。因案发地点在郓城县黄泥冈，济州府尹派观察何涛坐镇督捕劫匪，查了数月，原来是晁盖一伙所为。知县时文彬即唤朱仝、雷横两个都头点起马步弓手并士兵一百余人到东溪村拿人。

朱仝一路走一路寻思，自己与晁盖一向交厚，若拿了晁盖，知县如知道了必定要给自己定个通匪的罪名，况且晁盖一伙好生了得，他如死拼，再有庄客协助，如何抵敌得住？

晁盖庄上有前后两个门，朱仝寻思一路，已有了主意。将近晁盖庄上，朱仝道："雷都头，我带人把后门，你带人把前门，将他庄上前后围定，不怕他能飞了去！"

雷横不知就里，自带人走了，还没到门前，就听呐喊着叫前面捉人，原来朱仝有心要放晁盖，故意赚雷横去打前门，他却赶到庄后。晁盖等人得知官军来捕，带上金银细软，教庄客四下里放把火，引着十数个庄客，挺起朴刀从后门杀将出来。朱仝在黑影里高叫："晁盖休走！"却虚闪一闪，看附近没人，对晁盖说："不可投别处去，只除梁山泊可以安身。"然后放开条路，让晁盖一伙走了，却又挺着朴刀虚赶。背后雷横大踏步赶来，口里大叫："休教走了贼人！"朱仝回头喊道："雷都头，有三个贼人往旁边小路走了，你可急赶。"

朱仝把晁盖等人护送走了，渐渐黑影里已不见了人，只做失脚跳到路边沟里，众士兵随后赶来，听得朱仝叫喊，赶紧下去把朱仝搀扶上来。朱仝道："晁盖那厮一伙好生厉害，适才与他拼杀一场，抵敌不住，反被那厮逼下沟去，伤了左腿。"朱仝瘸着脚，已是不能行走，便由两个士兵架着，继续追赶。

如此闹腾了一夜，却没捉到一个人。观察何涛禀报济州府尹，称都头朱仝同贼人英勇拼斗，光荣负伤，还不下火线，带伤追捕贼人，精神可嘉。济州府给朱仝记大功一次，并号召各县都头都要向朱仝学习。

不久，郓城县押司宋江因与书记员张文远争风吃醋，一怒之下杀了姘头阎婆惜。知县又令朱仝、雷横两个带人到宋家庄缉拿宋江。朱仝对雷横说："他庄又无后门，我自把定前门，你先人去搜一搜。"雷横带人进去庄前庄后仔细搜了，出来对朱仝说："宋江端的不在庄里。"朱仝道："我只是放心不下，你切把了前门，我亲自细细搜一遍。"

原来朱仝却与宋江关系十分密切，知道宋江家佛堂里有个密室，雷横却不知。朱仝进到庄里，走入佛堂内，把供桌拖到一边，揭起地板来，露出一个地窖，宋江看地窖打开，只道官军走了，从里面钻将出来，见朱仝仗刀站在一旁，大吃一惊。朱仝道："哥哥休慌，此地虽好，也不是安身之处，倘或有人知得，来这里搜着，如之奈何？不若也投梁山去罢。"随后又让宋江进到地窖里，依旧把地板盖了，放好供桌，出得庄来，对雷横说："真个不在庄里。"即与雷横回县衙复命。知县听士兵说了朱仝工作细致，又表彰一次。

宋江随后带着弟弟宋清自去投奔了梁山。

朱仝表面工作极为认真，又体恤下属，上下都喜欢他，人缘极好，没过多久，就升为当牢节级（相当于现在的监狱长）。

那雷横平时骄横跋扈，一日竟斗气打死了知县的姘头白秀英，知县将雷横关进大牢，定要雷横抵命。朱仝一日三餐殷勤照顾，并不让雷横受半点苦，雷横自然感激不尽。数日后，知县让朱仝押送雷横到济州判罪，走到中途，朱仝教随行的小牢子在一个酒店喝酒，他却把雷横的枷打开了说："咱们共事多年，这次你打死了知县的姘头，到了济州也难逃一死，你赶紧逃命去罢。"雷横不走，说："我走了，须连累哥哥吃官司。"朱仝道："你到了州里，必定是偿命，我放了你，却不该死罪。"雷横含泪拜谢了，也去投了梁山。

朱仝看雷横走得远了，自引着小牢子来县里自首，称一时不慎，押送雷横途中被他逃走。知县平时也喜爱朱仝，便把朱仝的案由做得轻了，只刺配沧州，他同窗在那里任府尹，知县还写了封信让朱仝带着，请沧州府尹照看朱仝。

朱仝到了沧州，见过府尹，呈上郓城知县的书信，那府尹看朱仝仪表不俗，又有同窗的关照书信，便不让朱仝发下牢城营，留在州衙听候使唤。朱仝有的是金银，给沧州府里的虞侯、门子、节级、牢子都送了人情，众人说朱仝会办事，府中有事都照顾他，沧州府尹也很满意。

沧州府尹有个四岁的儿子，府尹爱惜如金似玉，朱仝没事就带着这个孩子玩耍，还经常买些细糖果子与他吃，那孩子也愿意跟着朱仝。府尹看了，喜在心头，便对朱仝说："看这孩子喜欢你，府中的事就不用操持了，把衙内照顾好就行了，我自会提携你，等你刑期满了，就在我沧州府当个虞侯罢。"朱仝听了自然欢喜，赶紧拜谢："恩相台旨，怎敢有违？小人自会小心伺候。"从此朱仝对小衙内照顾更加殷勤。

其实宋江与朱仝是一个心思，都想在仕途上有所作为，就力劝寨主晁盖把朱仝也请上梁山，一则为感激朱仝救命之恩，二来扩充梁山势力，增加与宋朝朝廷讨价的砝码。而朱仝只想在仕途上奔个好前程，哪里肯与草寇为伍。见朱仝不肯，宋江竟派黑旋风李逵把小衙内杀了，走投无路的朱仝最终被逼上了梁山泊。晁盖死后，宋江又当了寨主，更加器重朱仝，让他在水泊梁山坐了第十二把交椅，并担任马军骠骑兼先锋使要职，成为梁山的中坚力量。接受朝廷招安后，朱仝被任命为武节将军、保定府都统制，后因管军有功，又随大宋殿前都指挥使刘光世大破金兵，朱仝又立下汗马功劳，直做到太平军节度使，成为手握重兵的封疆大吏。

白胜建网站

话说白日鼠白胜与天王晁盖、智多星吴用等人合谋，在济州黄泥冈夺了大名府梁中书送给丈人当朝太师蔡京的十万贯生辰纲，白胜几个人一夜暴富。

白胜这厮原来生性嗜赌如命，现如今有钱了，便整夜在石碣赌城里豪赌，而且出手阔绰，一夜输个几百两银子连眼都不眨一下，全没了原先小瘪三的寒酸样。

济州府尹接到东京太师府缉拿劫取生辰纲贼人的公文，哪里敢怠慢，火速派出得力捕头衙役四处察访。白胜很快就进入了捕头的视线：一个破落户，哪里来的恁多银两豪赌，其中必有蹊跷。随即拘传白胜，并在其床下起获部分赃物。白胜原也硬撑着不肯招供，被一顿大棍打得皮开肉绽，最终吃不住打，竟把晁盖等人供出，及时雨宋江得知白胜叛变后，串通都头美髯公朱仝和插翅虎雷横私自放了晁盖一伙。

晁盖等人只好占据水泊梁山落草，并顺便救出了白胜。白胜虽然也在水泊梁山做了个小头领，但毕竟曾经变节投敌，因此一直得不到重用，每月薪金只有区区几十两白银，连喝酒的钱都不够，整天蹭吃蹭喝，众头领都厌烦他。

郁闷的白胜平日无所事事，就经常上网聊天，取了个网名叫鼠精灵，整天徜徉在那个虚拟的世界里，时间不长就成了网络高手，在网络江湖，鼠精灵可谓是超一流，在多家网站当上了斑竹。

精明的白胜开始想自己搞一个网站。经过一段时间筹备，白胜的网站正式开通了。为了提高点击率，白胜搜罗了许多艳星的露点照片，有潘金莲、阎婆惜的，还有潘巧云、白秀英的，甚至连东京名妓李师师的裸体照片也出现在网上，还把她们的风流韵事都给曝光。此举果然奏效，白胜的网站热闹非凡，人满为患。一天，行者武松上网查阅资料，无意中进了白胜的网站，打虎英雄看白胜竟把自己嫂嫂的露点照以及与西门庆偷情的事都给抖搂到了网上，不禁怒火中烧，气冲冲地找寨主宋江汇报。

宋江最忌讳他与阎婆惜的伤心往事被人提起，听武松说白胜把这事都弄到网上了，地球人都知道了，勃然大怒，立即责令铁面孔目裴宣严肃查处。病关索杨雄、插翅虎雷横等头领看白胜竟揭露自己的隐私，都吵闹着定要杀了白胜那厮。

白胜没想到建个网站竟会招来杀身之祸，立即关闭了自己的网站，写了一份相当沉痛相当深刻相当真挚的检查，请求宋江饶恕，又找黑旋风李逵借了百十两银子摆了一桌丰盛的酒席向武松、杨雄、雷横等赔罪。众人看白胜态度如此诚恳，也就不再计较。

网站风波总算平息了，可白胜却没钱还李逵的债，整日东躲西藏，昼伏夜出。一天晚上，白胜到金沙滩母夜叉孙二娘的大排档赊啤酒喝，孙二娘看他寒酸，给了他两瓶过期变质的啤酒，因天黑看不清楚，白胜喝完就觉得肚子不舒服，跑到茅厕拉稀，不想李逵正蹲在里面出酒，看白胜进来，劈手揪住白胜的领子暴打一顿，把白胜打得屁滚尿流。

李逵限白胜两个月之内还债。白胜苦思冥想，还真琢磨出了一个赚钱的门路。

白胜利用自己是多家网站斑竹的便利，搞了个一夜情俱乐部，并贴上去几位美女靓照，称只要在鼠精灵的账户上存入五十两银子，就可以与美女面谈。白胜又找到浪子燕青，请他通过李师师从

东京介绍过来一个大方漂亮有风度的小姐当"托",白胜答应每见一位给她百分之二十的提成,小姐不需要做别的,见面后就可以借故溜掉。小姐很痛快就同意了。

一个月过后,白胜的账户就有了五千两银子,白胜拿着一包银子找到那小姐,喜滋滋地说:"干得不错,这是一千两银子,就这样干下去,不到半年咱就发了。"

没想到那小姐把嘴一撇,阴阳怪气地说:"本小姐其实就是看在李师师的面子上来扶贫的,现在你基本上也算脱贫了,我的任务也算完成了,这银子我也不要了,以后不要再找我了,免得你这獐头鼠目的样子影响我的形象和生意。"

后来,白胜才知道,原来水泊梁山的夜生活极度贫乏,东京小姐来后,山寨的头领都是征战惯了的,哪见过这种女人,再也不酗酒赌博了,没事就往那小姐处跑,虽然小姐开出每小时五十两银子的高价,但还是趋之若鹜,一天就有五七百两银子进帐,哪里还稀罕白胜那点银子。白胜恨得牙根疼,却也无可奈何,好在也赚了些钱足以还账,还能消遣些时日。

让白胜始料不及的是,花花公子矮脚虎王英竟同东京的小姐勾连上了,经常夜不归宿,王英的夫人一丈青扈三娘听说那小姐是白胜弄上山的,不仅把小姐赶下了山,还以扰乱山寨治安影响梁山精神文明建设的罪名,把白胜告到了忠义堂。

白胜最终被行政记大过,并处罚金三千两。白日鼠又成了一个穷光蛋。

屡遭挫折的白胜不甘心,决定再建一个网站,起了个名字叫"欲望驿站"。白胜总结了前两次的经验和教训,实行会员制,普通会员每月五两银子,只能浏览一些信息,发发帖子;高级会员每月三十两银子,到夜里十二时之后就可以进激情视频室;贵宾会员每月六十两银子,随时都可以进激情视频室。白胜又高薪从东京请来几十个貌美妖冶的小姐,二十四小时轮班在激情视频室大跳脱衣舞,而且还上门服务,贵宾会员在激情视频室选中哪个小姐就给鼠精灵发个信息,说明入住的酒店和房间号,鼠精灵会安排该小姐登门服务,如不满意还可以退换,每个小时的费用是一百两银子,但规定只为入住四星级以上酒店的客人服务。

仅仅三个月的时间,白胜的"欲望驿站"网站的会员就发展到了四万多人,其中高级会员和贵宾会员达一万多人。

白花花的银子流进了白胜的腰包，平均每月收入超过五十万两银子。白胜不再是水泊梁山的小瘪三，整日价在美女的簇拥中花天酒地。

一日，宋江与卢俊义、吴用到各寨各营点验军士，发现军士竟大多在上网看脱衣舞，训练荒废，刀枪剑戟都生了锈。宋江大怒，似此怎堪与官军对敌？立令裴宣同铁臂膊蔡福、一枝花蔡庆对此事展开调查。

裴宣等忙活了半个月，终于查清此事的始作俑者还是白胜。

宋江听了裴宣等人的汇报，说："白胜这厮先当叛徒，险些儿坏了晁天王等人性命。后又在网上公布山寨头领隐私，现在又搞色情网站，屡犯山规，不杀这厮，俺水泊梁山早晚都要败坏在这厮手里。"

裴宣立即带着蔡福、蔡庆拘捕了白胜，查抄了白胜所有财产，并在忠义堂前将白胜斩首示众。

假如晁盖没有死

　　读过《水浒传》的人都为梁山好汉最终被招安感到痛惜，人们在痛恨宋江这个投降派的同时，也在思考着一个问题：假如晁盖不死，水泊梁山的结局会是什么样子？

　　晁盖为人极重义气，被人尊称为"天王"，在晁盖等人未上梁山之前，山寨上只有白衣秀士王伦、摸着天杜迁、云里金刚宋万、旱地忽律朱贵、豹子头林冲五人，前面四人并没甚本领，也都稀松平常，那林冲却非同小可，原是东京八十万禁军枪棒教头，武艺高强，有万夫不当之勇，只因遭到当朝太尉高俅的迫害，才被逼上梁山落草，也正因为如此，王伦十分忌讳林冲，生怕有一天林冲会夺了他的寨主之位，而林冲也嫉恨王伦心地褊狭，看王伦不起，与王伦是面和心不和。

　　晁盖纠集智多星吴用、入云龙公孙胜、赤发鬼刘唐以及阮氏三雄劫取了太师蔡京的十万贯生辰纲后，自知犯下了弥天大罪，后来东窗事发，幸得宋江飞马报信，而前来缉捕的都头美髯公朱仝、插翅虎雷横又与晁盖交厚，出工不出力，故意放跑了晁盖一伙。晁盖等人无处藏身，便上梁山落草，宋江也因此成了晁盖一伙的大恩人。

　　晁盖等人上了梁山之后，王伦看他们人人英勇，个个了得，便寻种种借口推诿，不愿接纳他们入伙，最终被林冲火并，杀了王伦。林冲遂推晁盖坐了水泊梁山的第一把金交椅，水泊梁山从此也开辟了一个新纪元，逐步壮大起来，但晁盖等人并没有什么大志，啸聚梁山仅仅是为了改善生存环境而已。

　　此后，晁盖多次邀宋江入伙，宋江一直没有答应，即便是宋江因杀了阎婆惜被刺配江州，路过梁山，被晁盖等人劫上山寨，宋江也甘愿前去服刑，坚决不肯留在梁山。宋江颇有心计，他知道自己此时落魄上山是没有任何地位的，反而又欠下晁盖一个人情，山上又没有自己一个心腹，上了梁山也只会受制于人。宋江自己不上梁山，却介绍霹雳火秦明、小李广花荣、镇三山黄信、锦毛虎燕顺、矮脚虎王英、小温侯吕方、赛仁贵郭盛、白面郎君郑天寿、石将军石勇等九位好汉先上了梁山，当时梁山只有晁盖等十二位头领，宋江一下子就又安插进来九位，为自己捞取了第一笔政治资本。

宋江继续利用到江州服刑的机会，结交好汉，笼络心腹，到了宋江因酒醉题写反诗要被砍头的时候，梁山好汉劫了法场，救宋江上了梁山，而宋江此次上山又带来了神行太保戴宗、黑旋风李逵、混江龙李俊、船火儿张横、浪里白条张顺、没遮拦穆弘、小遮拦穆春、催命判官李立、摩云金翅欧鹏、铁笛仙马麟、神算子蒋敬、出洞蛟童威、翻江蜃童猛、九尾龟陶宗旺、通臂猿侯健、病大虫薛永等十六位好汉，又为自己捞取了第二笔政治资本，而晁盖只增添了圣手书生萧让、玉臂将金大坚。

此时梁山连宋江在内共有四十位头领，而宋江一方就有二十六位，占了将近三分之二，因此宋江初上梁山就坐了第二把交椅。

在宋江上山之前，梁山好汉并不远离山寨，只是在附近劫取过往客商的钱财，属于小打小闹，没有什么前途。及至宋江上山后，宋江多次提议四处征讨，每次都是宋江亲自率军下山，先是三打祝家庄，将扑天雕李应、一丈青扈三娘、鬼脸儿杜兴招上梁山，接着又攻陷高唐州，救出小旋风柴进，随后又击败双鞭呼延灼的铁甲连环马，顺便收服了二龙山的花和尚鲁智深、行者武松、青面兽杨志、桃花山的打虎将李忠、小霸王周通、白虎山的毛头星孔明、独火星孔亮，又赚取华州，将少华山的九纹龙史进、神机军师朱武、跳涧虎陈达、白花蛇杨春招至麾下，后又降服芒砀山的混世魔王樊瑞、八臂哪吒项充、飞天大圣李衮。其间，病关索杨雄、拼命三郎石秀投奔梁山，晁盖以此二人辱没梁山好汉名头为由，要杀了杨雄、石秀，宋江保下二人性命，又认扈三娘为义妹，将其嫁给王英。

通过几番征战，宋江的威望空前提高，势力迅速膨胀，他在山寨的地位也越来越巩固。此时梁山已经有八十九位头领，除了晁盖等十二位头领，其余的都是宋江带上山或听了宋江的名头投奔来的，其中的吴用、公孙胜其实已经依附于宋江，而刘唐以及阮氏三雄也都被边缘化了。

　　晁盖感觉到了宋江的威胁，感觉到了被宋江架空的危险，因此攻打曾头市，晁盖力争亲自率军出战，并点了二十位头领出征，他的亲信刘唐、阮氏三雄、白胜以及林冲、杜迁、宋万等梁山元老都在其中，可见晁盖的用意是为了通过此战来遏制宋江的发展势头，而宋江每战必随的狗头军师吴用这次却没有随军征进，他们的矛盾从中也可看出端倪。结果晁盖战败，他本人也被毒箭射死。

　　晁盖死后，宋江便自然成了水泊梁山的领导人。假如说晁盖没死，水泊梁山会有什么结果呢? 愚以为无非有三种结果：

　　一是再酿火并悲剧。如果晁盖容不下宋江，必然发生内讧，以宋江的势力，晁盖以卵击石，很有可能会被火并，落个像王伦一样的下场。

　　二是晁盖急流勇退。如果晁盖自知已经无法控制宋江，也许会采取明哲保身的办法，主动把寨主之位让给宋江，而自己退居二线。

　　三是双方分道扬镳。如果以上两种情况都不会出现，晁盖和宋江会念及旧情，惺惺相惜，因为互相都有恩于对方，实在不能在一口锅里搅马勺，那就分道扬镳，各自另立山头，但跟晁盖走的头领会极少，以他的战略思想，不可能有更大的发展，要么被官军剿灭，要么被别的山寨吞并。而宋江已经羽翼丰满，就是没有晁盖那几个人，也不会阻碍宋江的扩张，而最终的结果还是宋江接受招安，因为宋江一直追求的目标就是为自己博个封妻荫子。

揭开梁山好汉"忠义"的假面具

梁山好汉一直以"忠义"自居，自称是"替天行道"，宋江还把原来的聚义厅改为忠义堂。

何为"忠义"？新华词典这样解释：忠就是赤诚，尽心竭力；义就是正确合宜的道理或举动，泛指道德规范或合乎道德规范的行为。而在《水浒传》的描写中，宋江一伙虽然披着"忠义"的外衣，却干着男盗女娼的勾当。

强取豪夺　恃强凌弱

梁山好汉大多武艺高强，虽然爱打抱不平，却也经常仗势欺人。没遮拦穆弘、小遮拦穆春是揭阳镇一霸，病大虫薛永在揭阳镇使枪棒卖药，穆春却交代当地人都不要给薛永出钱，宋江犯罪刺配江州从此路过，便给了薛永五两银子，穆春以为丢了面子，就寻衅闹事，又打不过薛永，就与哥哥穆弘纠集了一帮人来找宋江的麻烦，把个宋江撵得乱窜。金眼彪施恩倚仗父亲是孟州安平寨管营的权势，在快活林开了个酒店，带着八九十个拼命的囚徒，占住快活林，开了家酒肉店，那里的客店、赌场、妓院都要向施恩缴保护费。豹子头林冲和行者武松在《水浒传》中是以正面人物出现的，人们也都同情林冲的遭遇，喜欢武松的性格，可这两个人也有欺负人的时候。林冲被发配到沧州看守草料场，陆谦、富安又追到沧州害他，在一个风雪夜烧了草料场，林冲一怒之下杀了二人，逃到小旋风柴进庄上，看几个庄客边烤火边喝酒，林冲要烤火，人家答应了，林冲身上暖了，又想喝酒，庄客不给，林冲便用枪挑起炭火头甩在庄客脸上，并用枪杆把庄客打散，自己却把酒抢来喝。武松因杀人逃亡路过白虎山，要抢人家酒肉吃，把独火星孔亮痛揍一顿。青面兽杨志、黑旋风李逵等都有吃白食的行为。

劫道剪径　谋财害命

　　这些所谓的好汉们中间，有不少是劫道剪径的强盗，专一谋财害命。知名度最高的要算菜园子张青、母夜叉孙二娘两口子了，他们在孟州十字坡开了一家黑酒店，在酒肉里下蒙汗药谋害过往的客商，劫了金银不说，还要把人剁成馅儿，卖人肉包子，手段极其残忍，以至于江湖上流传："大树十字坡，客人谁敢过？肥的切做馒头馅，瘦的却把去填河。"就连武松和花和尚鲁智深都差点死在这两口子的手里。揭阳岭上的催命判官李立也是这样，专门用蒙汗药害人，而船火儿张横则是在浔阳江里剪径，还叫嚣什么："老爷生长在江边，不爱交游只爱钱，昨夜华光来趁我，临行夺下一金砖。"可见张横猖狂到了何种地步！为谋钱财，把客商或用板刀剁下水去，或剥得赤条条扔到水里淹死，还美其名曰吃"板刀面"、"馄饨"，宋江也险些着了道，差点被他们二人害了性命。天王晁盖、智多星吴用、入云龙公孙胜和赤发鬼刘唐、阮氏三雄、白日鼠白胜等一伙也是用蒙汗药麻翻了杨志等人，夺了大名府梁中书送给丈人太师蔡京的价值十万贯的生辰纲。就是大名鼎鼎的林冲、九纹龙史进也都干过拦路剪径的勾当。

鸡鸣狗盗　好色欺人

　　在水泊梁山还有一类人，原本就不是正人君子，却是好色之徒，狗盗之辈。矮脚虎王英抓住了清风寨知寨刘高的夫人后，看有几分姿色，就要强娶为押寨夫人，锦毛虎燕顺等都劝不住，要不是宋江正好也在现场，闹不好还会酿成兄弟火并。小霸王周通看上了桃花村刘太公的女儿，硬是撇下二十两金子、一匹红锦做彩礼，定要入赘到刘太公庄上做女婿，却是被鲁智深搅了他的鸳鸯梦。双枪将董平看上了东平府太守的女儿，就杀了太守全家，却把他女儿夺来为妻。鼓上蚤时迁偷吃了祝家庄一家酒店的报晓公鸡，店小二查问，不仅不承认错误，还把酒店给烧了，杀了一二十人，最后时迁被祝家庄给捉了，与他在一起的病关索杨雄、拼命三郎石秀逃到梁山，宋江便以此为借口，带着梁山军洗荡了祝家庄。金毛犬段景住是个盗马贼，竟把大金国王子骑乘的照夜玉狮子马盗走，却又被曾头市抢了去，梁山军认为丢了面子，发兵征讨，结果引发一场大战，虽是最终梁山军取得了这次战斗的胜利，铲平了曾头市，却也付出了沉重的代价，天王晁盖因此死于非命。

杀人放火　草菅人命

　　梁山好汉几乎都是杀人的魔头，放火的阎王，有时为了达到他们的目的，不择手段，甚至不惜草菅人命。最典型的是宋江避罪去投奔清风寨小李广花荣时，联结清风山燕顺、王英、郑天寿三个强盗，杀了清风寨知寨刘高，青州指挥司兵马都总管霹雳火秦明率军攻打清风山，却被宋江等人设计用陷马坑给活捉了，为了逼反秦明，宋江竟派人乘着夜晚冒充秦明去攻打青州，将青州城外数百户人家烧做一片瓦砾，杀死男子妇人不计其数，青州慕容知府以为秦明真的造反，就把秦明老婆孩子都杀了，逼得秦明无处安身，只得到梁山落草。宋江率军攻打祝家庄时，与祝家庄联手的扈家庄惧怕梁山势力，扈成主动到宋江军营投降，并协助梁山抓获祝彪，然而宋江攻破祝家庄后，李逵却带人杀了扈成一门老小，害得扈成只身逃亡。宋江害病，请浪里白条张顺去请神医安道全来为宋江医治，安道全的小妾不愿让安道全离开，张顺竟杀了安道全的小妾，还用血在墙壁上写上"杀人者安道全"，硬逼着走投无路的安道全去为宋江治病。美髯公朱仝因私放插翅虎雷横获罪，被刺配沧州，朱仝小心谨慎，甚得沧州知府赏识，朱仝就经常带着知府的儿子玩耍，宋江感激朱仝曾救过他，就让吴用带着雷横、李逵请朱仝上梁山，看朱仝不肯，吴用就指使李逵把知府的儿子杀了，把朱仝也逼上了梁山。

　　从以上宋江一伙的所作所为不难看出，所谓的梁山好汉其实不过是一群啸聚山林打家劫舍的强盗，是一伙打着"替天行道"大旗、戴着"忠义"假面具的道貌岸然的伪君子。

从《水浒传》看中国的酒文化

在《水浒传》的描写中，酒是无处不在的，也可以说把中国的酒文化展现得淋漓尽致，高兴时要喝酒，悲痛时要喝酒，遇见朋友时要喝酒，闲得无聊时要喝酒，庆祝活动要喝酒，冷了以酒暖身，热了拿酒降暑，渴了把酒当水，累了用酒解乏，见到人时大家一起喝，没有人时自己独自喝，酒几乎成了人们生活的一部分。

酒壮英雄胆。行者武松应该是与酒联系最密切的一个人了，也是因酒而成名的典范。武松先是在景阳冈的酒店里，一个人连喝了十八碗酒，然后乘着酒兴竟打死了一只吊睛白额的斑斓猛虎，从此，"打虎英雄"名扬天下。武松醉打蒋门神更是把酒的力量发挥到了极致，武松自称"没酒没本事，带一分酒便有一分本事，五分酒五分本事，若吃了十分酒，气力不知从何而来!"因此，武松帮着金眼彪施恩重夺快活林，只提了一个要求，那就是"无三不过望"，就是每路过一处酒肆须喝三碗酒，一路上竟喝了四五十碗酒，见到蒋门神，武松其实已经醉了，但醉武松更加神勇，把个蒋门神打得嘴歪眼斜、鼻青脸肿。

花和尚鲁智深与酒的缘分也比较深。鲁智深遇见九纹龙史进和打虎将李忠，三人到一酒馆喝酒，卖肉的屠户镇关西郑屠欺辱金翠莲父女，鲁智深路见不平，三拳打死了郑屠，逃到五台山当了和尚。鲁智深在五台山还是经常违犯戒律，吃肉酗酒，后因酒后大闹五台山，被撵到大相国寺去看菜园子，鲁智深与几个泼皮在一起饮酒，喝得兴起，竟把一棵碗口粗细的柳树连根拔了出来，演绎了一出"倒拔垂杨柳"的佳话。

酒也能乱人性。武松的嫂子潘金莲看打虎英雄威武，竟想勾搭，烫了酒和武松一起吃，一时春心涌动，把一盏酒喝了半盏，却看着武松说："你若有心，吃我半盏儿残酒。"没想武松劈手夺过去泼在地下，说道："嫂嫂休要恁地不识羞耻！"那妇人自讨了没趣，却又被个王婆撺掇，竟与西门庆勾搭成奸，也是以酒为媒，最后色胆包天，竟毒死了丈夫武大郎。报恩寺的和尚裴如海一心勾搭病关索杨雄的老婆潘巧云，杨雄的丈人潘公带着潘巧云去报恩寺上香，裴如海先用酒将潘公灌醉了，贼和尚却与潘巧云把酒谈情，奸情被拼命三郎石秀识破后，潘巧云又诬石秀调戏她，挑拨得杨雄、石秀两人差点反目。当然，这俩女人最终也都没有好下场，连个全尸也没落下。

酒还能救人性命。 八十万禁军教头豹子头林冲因恶了太尉高俅，被逼得家破人亡，林冲也被发配沧州看守大军草料场，天降大雪，林冲耐不住寒冷，出去买酒喝暖身，当晚高俅派陆谦乘着风雪在草料场放了一把大火，欲烧死林冲，而林冲也因为去饮酒才逃过此劫，"若非风雪沽村酒，定被焚烧化朽枯"。

酒更能误事。 及时雨宋江杀了阎婆惜被刺配江州，因为郁闷，常去浔阳江的酒楼饮酒，一日酒醉，在墙上题写反诗，被江州通判举报，宋江被押赴法场问斩，晁盖等人拼死才把宋江救上了梁山。青面兽杨志押送生辰纲，一路谨慎，路过黄泥冈，就因为天热耐不住酷暑，喝了晁盖等人的药酒，被劫了生辰纲，葬送了自己的前程，最后只得去落草。黑旋风李逵回家去接母亲上梁山享福，没想到途中走到沂岭，老母竟被老虎吃了，李逵一怒之下，挺着朴刀连杀四虎，轰动了沂水县，众猎户簇拥着李逵去县衙请功，都把酒来与李逵庆贺，李逵喝得酩酊大醉，被人认出是梁山贼寇，险些丧命，幸亏被旱地忽律朱贵、笑面虎朱富兄弟救了。

酒也是剪径劫财、杀人越货的工具。 母夜叉孙二娘和菜园子张青夫妻俩在十字坡开了个黑店，专卖蒙汗药酒，把过路客商药倒后劫取钱财，却把人剁成馅儿，卖人肉包子，鲁智深、武松都曾遭过这俩人的暗算。催命判官李立在揭阳岭也是干着同样的勾当，就连宋江也险些被他剥了皮。

宋朝廷招安梁山好汉时也离不开酒。 且看御史大夫崔靖向天子上奏的一段话："此等山间亡命之徒，皆犯官刑，无路可避，若降一封丹诏，光禄寺颁给御酒珍馐，差一员大臣，直到梁山泊，好言抚谕，招安来降……"皇帝遂派太尉陈宗善带着十瓶御酒去招安梁山好汉，不想被活阎罗阮小七都给偷喝了，然后换成了山村小店的水白酒，梁山头领看了，大骂："忒煞是欺负人，把水酒做御酒来哄俺们吃！"结果，招安的事变成了闹剧。从这里也可以看出，人们对酒的重视程度。

宋江等人最终接受招安，太尉宿元景仍然是带着御酒，先把御酒温热，倾在银壶内，宿元景执着金钟，斟过一杯先喝了，说是怕梁山好汉怀疑御酒有问题，他先喝一杯，免得众头领疑虑，然后宋江等一百单八位好汉依次各饮一杯，招安的仪式就算结束了。

部队出征也是要喝酒的。 梁山好汉接受招安后，第一件事就是替朝廷去抵御辽国的侵略，出征之前，先犒劳三军，每名军士赐酒一瓶，肉一斤，劳军的两位官员却借机克扣军士酒肉，被八臂哪吒项充、飞天大圣李衮手下的军校给杀了，宋江为了保住自己的官位，竟令那军校痛饮一醉，然后在大树下上吊自尽。

从以上分析可以看出，中国的酒文化不仅源远流长，而且底蕴深厚。曹操曾感叹："何以解忧？唯有杜康（酒）！"其实酒不仅能解忧愁，酒还是穿肠毒药，酒还是腐败的根源。

从《水浒传》看宋朝政治制度的腐败

《水浒传》可以说是我最爱看的一本书，施耐庵在向我们讲述一群绿林豪杰传奇故事的同时，也反映出了一个问题，那就是当时的宋朝政治制度已经腐败到了不可救药的地步。我想，这也可能是促使大宋王朝灭亡的主要原因之一吧。

警匪勾结　执法犯法

在梁山好汉中，有不少曾干过都头，也就是现在的公安局长或刑警队长。如美髯公朱仝、插翅虎雷横曾是郓城县都头，他们都与当地的黑恶势力头子东溪村保正晁盖交厚，平时就警匪勾结，晁盖经常给雷横一些小恩小惠，而雷横也是吃拿卡要惯了的，与朱仝对晁盖一伙的违法犯罪活动睁一只眼闭一只眼，包庇纵容，致使晁盖的势力愈发嚣张，最后晁盖一伙竟抢劫了价值十万贯的生辰纲，这在当时绝对是弥天大案，而朱仝、雷横在抓捕行动中却故意放走晁盖等人。后来雷横因听霸王戏遭到白秀英的奚落，雷横的母亲也受到羞辱，雷横一怒之下打死了白秀英，朱仝在押解雷横的途中，却私下把雷横放跑了。神行太保戴宗原是江州两院节级（相当于现在的监狱长），宋江杀了阎婆惜后，被刺配到江州，戴宗看他持有好友智多星吴用让他关照的书信，对宋江就格外照顾，整天与宋江称兄道弟，不仅没有把宋江当囚犯看待，还经常带着看守黑旋风李逵到江州的大酒店陪宋江喝酒。行者武松曾在阳谷县任都头，因其嫂子潘金莲与西门庆私通，并害死了他哥哥武大郎，便蓄意报复，把潘金莲和西门庆都杀了，虽然事出有因，但作为都头，不能头脑发热，为了私仇就置国家法律于不顾，执法犯法，走上犯罪道路。

官匪合污　沆瀣一气

宋江本是郓城县的押司，按现在说也是个小公务员。宋江平时就不安分守己，而且颇有心计，钻法律的空子，先是让他父亲把他从家里除了籍，以便出了事不连累家里人，还在家里挖了个藏身的地窖。晁盖等人劫生辰纲事发，州府派人督办缉拿，宋江悄悄跑到东溪村去给晁盖通风报信，后来晁盖一伙逃到梁山落草为寇，宋江一直暗地里与晁盖等人保持着联系。小旋风柴进是大周柴世宗的子孙，赵匡胤陈桥兵变夺了皇位，建立大宋朝，便给柴家敕赐丹书铁券，罪不加身，那柴进就利用这种便利，专一结交犯罪的好汉，不仅与水泊梁山来往密切，宋江、林冲、武松等人犯罪后都曾受到他的庇护。金眼彪施恩的父亲是孟州安平寨的管营，也就是现在的劳改局长，那施恩仗着父亲的权势，成了孟州一霸，带着八九十个拼命的囚徒，占住快活林，开了家酒肉店，那里的客店、赌场、妓院都要向施恩缴保护费，不想蒋门神蒋忠却倚仗着孟州团练（相当于现在的武装部长）和守御兵马都监（相当于现在的地方军分区司令）的势力，痛打了施恩，夺了快活林，施恩的父亲对儿子的所作所为了如指掌，却助纣为虐，看武松发配到他的牢城营，就请武松帮忙又重新夺回了快活林，最终引发了一场大火并，武松大闹飞云浦，血溅鸳鸯楼，连杀二十来人。清风寨的副知寨小李广花荣与宋江的关系也非同一般。

纵容亲属　为非作歹

政府官员纵容亲属为非作歹，是宋朝政治最大的腐败。最典型的就是高俅了，高俅原本是一个不学无术的二流子，却能够当上太尉，这本身就可以看出宋朝已经腐败到了何种程度。当了太尉的高俅办的第一件事就是收拾禁军教头王进，因为他学武艺时曾被王进的父亲一棒打翻，逼得王进连夜带着母亲逃亡。高俅的儿子高衙内看上了八十万禁军枪棒教头豹子头林冲的媳妇，定要霸占，高俅不仅不约束自己的儿子，反而帮着儿子陷害林冲，最终是把林冲逼上了梁山。高俅的叔伯兄弟高廉是高唐州知府，也是仗势欺人，高廉的妻弟殷天锡看上了柴进叔叔的宅院，定要强行霸占，把柴进的叔叔痛打一顿，柴进的叔叔被打带气最终死于非命。柴进为叔叔治丧，那殷天锡又来逼要宅院，并让人殴打柴进，李逵此时正跟着柴进，看柴进受辱，一顿拳脚把个殷天锡打死了，高廉囚禁了柴进，李逵逃回梁山，宋江带着人马打破了高唐州，杀了高廉，救走了柴进。

行贿受贿　贪污腐化

在《水浒传》的描写中，行贿受贿的事例比比皆是。如青面兽杨志原是殿司制使官，因从太湖押运花石纲到黄河时，遇风将船打翻，失陷了花石纲，杨志怕朝廷治罪，便远走他乡逃避，过了几年，看皇帝大赦，就倾尽家财去枢密院送礼，想官复原职，上下打点，把钱财使尽了才得以见到高太尉的面，却被那高俅赶了出来，弄了个竹篮打水一场空。太师蔡京要过生日，他的女婿梁中书官居北京大名府留守司，上马管军，下马管民，很有权势，为了给岳父祝寿，竟准备了价值十万贯的生辰纲，不是搜刮的民脂民膏，哪里来的这么多钱财？宋江为了让朝廷招安，先是重金贿赂与皇帝有染的东京名妓李师师，请她帮忙多给皇帝吹吹枕边风，后又用重金贿赂太尉宿景，求他在皇帝面前保奏，最终达到了让皇帝招安的目的。此外，因吃官司给押解的公人或管营、差拨、节级送礼的事例更是不胜枚举，就连林冲也不例外，林冲送银子给差拨后就不用再挨一百杀威棒的打，不免感叹："有钱可以通神，此语不差。"

文武不和　相互倾轧

这也是宋朝廷的一个顽症。清风寨有两个知寨，刘高是个文官，为正知寨，小李广花荣是武将，为副知寨，两人历来不和。刘高虽是文官，却也不识几个字，又贪图贿赂，残害良民，还排挤花荣，全不顾朝廷法度；花荣也与宋江交厚，而宋江正是朝廷通缉的要犯，无处藏身，就寻花荣处以求庇护，中途又结交了清风山上的锦毛虎燕顺、白面郎君郑天寿、矮脚虎王英三个强盗。刘高发现花荣藏匿宋江，便派人抓获，花荣根本看不起刘高，又带人硬抢了去，并说："你刘高便是个正知寨，怎奈何了花荣！"最终火并，花荣在清风山三个强盗的帮助下，杀了刘高，救了宋江，反上梁山。东平府的太守名叫程万里，兵马都监双枪将董平有万夫不当之勇，那董平自称是"英勇双枪将，风流万户侯"，程万里有个女儿，十分颜色，董平累累使人去求娶为妻，太守不允，两人日常间有些言和意不和。后梁山军征讨东平府，董平死战力保城池不失，就乘势又让人提亲，程万里却说等击退了梁山军后再议，并催促董平出战，董平心里老大不快，后董平被梁山军用计擒获，便降了梁山，那董平即带着梁山军赚开城门，杀了程万里一家老小，夺了他的女儿为妻。

从以上分析不难看出，一部《水浒传》，其实也是宋朝政治腐败的一个缩影，也正是因为宋朝廷的政治腐败，搞得民不聊生，老百姓纷纷揭竿而起，田虎、方腊、王庆、宋江等农民起义军割据一方，才有了《水浒传》这部脍炙人口的传奇故事。

大宋朝廷为何无法剿灭水泊梁山?

　　《水浒传》描写的是一伙农民起义军占据水泊梁山造反的故事，梁山好汉占据水泊，从小到大，从弱到强，大宋朝廷虽也多次派兵镇压，却始终无法将水泊梁山剿灭，最后不得不采取招安的办法才把这颗眼中钉拔除。那么，大宋朝廷为何无法剿灭这伙起义军呢?

　　首先是朝廷低估了梁山的发展。最初占据水泊梁山的是白衣秀士王伦、摸着天杜迁、云里金刚宋万和旱地忽律朱贵。这几个人胸无韬略，武艺也是稀松平常，如果此时朝廷派兵围剿，水泊梁山早就覆灭了，可惜朝廷根本没把这个疥癣之疾当成一回事，因为朝廷也知道仅凭这几个人是不会弄出什么大事来的。但是天王晁盖、智多星吴用、入云龙公孙胜、赤发鬼刘唐以及阮氏三雄劫取了生辰纲后，为躲避朝廷追捕也上了梁山，王伦看晁盖一伙个个武艺高强，便阻挠晁盖等人上山入伙，被豹子头林冲火并，晁盖当上了梁山寨主，从此，水泊梁山的势力迅速膨胀，逐渐壮大。

　　其次是朝廷官员与富豪乡绅与水泊梁山相互勾结。在水泊梁山的势力还比较弱小的时期，朝廷的不少官员都与梁山好汉有联系，来往密切。如小旋风柴进本是大周皇室嫡派子孙，仗着祖宗留下的家财和朝廷给的丹书铁券，不仅收留和资助被朝廷抓捕的罪犯，还与水泊梁山交往甚密，水泊梁山第一任寨主王伦、第三任寨主及时雨宋江都受过他的好处，宋江、行者武松、黑旋风李逵、林冲等都曾在柴进庄上居住，还介绍林冲上了梁山。宋江是郓城县的小吏，美髯公朱全、插翅虎雷横是都头，他们都与梁山第二任寨主晁盖交厚，晁盖等人劫取生辰纲事发后，宋江飞马去晁盖庄上报信，朱全、雷横则掩护晁盖一伙逃上了梁山。小李广花荣是清风寨的副知寨，与宋江是很好的朋友，宋江杀了阎婆惜后逃到清风寨花荣处藏身避难，却被知寨刘高抓获，此时的花荣不顾自己是朝廷的军官，硬是领兵抢回宋江，又与清风山的强盗锦毛虎燕顺、矮脚虎王英、白面郎君郑天寿联手，打败了前来剿捕的青州兵马总管霹雳火秦明和兵马都监镇三山黄信，杀了刘高，招降了秦明、黄信，带着燕顺、王英、郑天寿与宋江一同反上了水泊梁山。

三是朝廷官军并没有真正想剿灭水泊梁山，而是借机欺压百姓，聚敛钱财。梁山军的战斗力其实并不强悍，这从梁山军攻打祝家庄和曾头市就可以看出来。祝家庄和曾头市只不过是地方的地主武装，但梁山军也是费了九牛二虎之力才打下来。祝家庄与扈家庄、李家庄互为掎角，很难攻打，李家庄庄主扑天雕李应和扈家庄的一丈青扈三娘武艺高强，宋江等先派人离间李应与祝家庄的关系，梁山军攻打祝家庄时，李应装病闭庄不出，眼睁睁看梁山军围攻祝家庄，他却坐壁上观，不去救援。后梁山军又瓦解了扈家庄的飞天虎扈成，就是这样，宋江带着一十八位头领五六千军马竟打不下祝家庄，而祝家庄只有铁棒栾廷玉带着祝家的三个儿子祝龙、祝虎、祝彪和扈三娘五人，就这样梁山军还损兵折将，王英、秦明、黄信以及锦豹子杨林、火眼狻猊邓飞等头领反被生擒活捉。最后是登州兵马提辖病尉迟孙立等人反上梁山，孙立与栾廷玉是同门师兄弟，栾廷玉却不知孙立已经是梁山头领了，吴用设计让孙立以朝廷令其换防路过祝家庄为由，取得了祝家庄的信任，这样才里应外合打破了祝家庄。打曾头市就更惨了，寨主晁盖亲自带着二十位头领五千人马攻打曾头市，那曾头市也不过是史文恭、苏定和曾家的五个儿子，领着五七千地主武装，晁盖不仅没有打下曾头市，还损折了一半人马，连晁盖本人也被毒箭射死。后来宋江领军为晁盖报仇，带着三十多位头领（其中包括号称天下第一棒的玉麒麟卢俊义）率领两万多人马，分做五路围攻曾头市，就是这样，吴用还怕不能确保胜算，使用诡计，边打边与曾头市谈判，并收买了曾头市的险道神郁保四，派黑旋风李逵、混世魔王樊瑞、八臂哪吒项充、飞天大圣李衮、鼓上蚤时迁等人去卧底，最终攻破了曾头市。从攻打祝家庄和曾头市不难看出，梁山军的战斗力其实也是比较低下的，全凭人多，靠的是人海战术，似此连地方的地主武装都难以对付，怎堪与政府的正规军敌对？

然而，梁山军在与政府军的战斗中虽有小败，但最终却都获得了胜利，其中最根本的原因不是政府军的将官无能，而是朝廷的太师蔡京、太尉高俅、枢密使童贯等主要官员贪污腐败，只是借征讨梁山之机敛财，却没有尽力剿灭梁山，如果早早把梁山灭了，这些贪官们吃什么？所以他们实行的是"添油"战术，每次征讨梁山只是派去区区几员战将，几千人马，而贪官们就趁机向老百姓横征暴敛。在冷兵器时代，兵多将广才会有胜利的保障，尽管也派去了双鞭呼延灼、大刀关胜等名将，甚至连轰天雷凌振的炮兵都派去了，结果是都被梁山军俘虏，竟都投降了梁山，那些地方州府也都各自为政，守着自己的地盘，互不支援，被梁山军各个击破。与官军打来打去，梁山竟聚集得一百单八位好汉，水军、马军、步军、炮军各兵种齐全，终于酿成了朝廷的心腹大患。

此时朝廷才派重兵征讨，先派枢密使童贯率八路军马十万大军去攻打梁山，但梁山军已经羽翼丰满，官军大败，童贯也被俘。高俅等竟瞒了皇帝，骗皇帝说天气炎热，军马不服水土，权且罢战。随后，高俅又亲自率领十路节度使并一路水军共一十三万人马攻打水泊梁山，一路上抢夺百姓船只和钱粮，结果也是大败亏输，太尉高俅也被生擒。朝廷看无力剿灭水泊梁山，无奈之下，只得招安，给宋江等人封官加爵，宋江等人本也无意与朝廷为敌，只是为了给自己讨个出身，看已经达到了自身的目的，便率水泊梁山全伙投降，朝廷自此再不以水泊梁山为患。

大宋朝廷为何允许地主成立私人武装？

在《水浒传》的描述中，有不少地主武装，这些地主都拥有很大的庄园，养着众多的庄客，有的甚至还有类似私人军队性质的武装。

在梁山好汉中，有不少原来就是大地主。比如没遮拦穆弘、小遮拦穆春兄弟就是揭阳镇上的一霸，病大虫薛永在揭阳镇上使枪棒卖药，穆春却不让镇上的人给薛永钱，宋江刺配江州路过此地，怜悯薛永，就给了薛永五两银子，却惹恼了穆春，要打宋江，反被薛永揍了一顿，穆春回去向哥哥穆弘诉说后，穆弘带着一群庄客把个宋江撵得到处乱窜。毛头星孔明、独火星孔亮兄弟则盘踞着白虎山，武松大闹飞云浦、血溅鸳鸯楼后，被官府通缉，武松便化装成一个头陀逃避追捕，路过白虎山因肚饥买酒肉吃，店家却不敢卖给他，都留给了孔亮。武松焦躁，把孔亮打了个乌眼青，后因一路劳顿，又吃醉了酒，倒在路旁，被孔明、孔亮兄弟拿了，绳捆索绑在庄园里，幸遇见宋江救了。他们后来都上了梁山。

九纹龙史进原是华阴县史家村的大地主，史家村附近有座少华山，神机军师朱武、跳涧虎陈达、白花蛇杨春三人在此落草，要攻打史家村借粮草，史进闻讯后，便召集村中百姓，整顿刀马，准备器械，拉起了一支武装，陈达带着小喽啰去袭击史家村，反吃了败仗，被史进生擒活捉。不想史进却与朱武等人沆瀣一气，最终成了落草少华山的大寨主。

晁盖其实也是个大地主，家里养着众多庄客，后来他竟纠集智多星吴用、入云龙公孙胜、赤发鬼刘唐以及阮氏三兄弟劫取了大名府梁中书献给太师蔡京的十万贯生辰纲，官府派人缉拿，晁盖便带着吴用等人及健壮庄客反上了梁山，并将官军打得落花流水。

那么，大宋朝廷为什么会允许民间存在私人军队呢？

北宋时期，北部、西北部相继出现了辽、西夏、金等几个少数民族政权，这些少数民族主要是游牧部落，经常南下侵扰宋朝边境，劫掠人口牲畜，严重威胁北宋王朝的统治，而北宋军队的战斗力十分低下，与这些少数民族势力屡战屡败，消耗了大量的人力、物力、财力，也加重了人民的负担。到了宋仁宗时，仍然是屡吃败仗，宋仁宗无奈相继与辽、西夏等少数民族政权签下了多个不平等的和约，割地、称臣、称子、称侄、纳绢、贡钱。

当时民族矛盾激化突出，而国家又无力抵御外来侵略、消除外患。为了实现自救，维护自身的利益，民间群众自发组织武装力量，抵抗外族入侵，一些地主趁机谋取私利，加紧招兵买马，扩大私人武装，朝廷已经无力控制局面，加之为了保全自己岌岌可危的政权，也就默认这些民间武装的合法性，利用这些地主武装来弥补官军力量的不足。如建炎元年，在外敌危及朝廷时，中央政府不得不颁布"忠义巡社令"（募民联以什伍，而寓兵于农，使合力抗敌，谓之巡社），承认这些地主武装合法存在的事实，并录用其首领，根据其所带武装人数的多少授予官职，从朝廷领取俸禄。抗金名将岳飞、宗泽的部队里就有为数众多的地主武装随军征战。

郓州的独龙冈前面有三个村庄，中间是祝家庄，西边是扈家庄，东边是李家庄，三村总算有一二万军马人家，并结下誓愿，互为掎角，但有吉凶，递相救应，其中以祝家庄的势力最大，不仅祝龙、祝虎、祝彪祝氏三杰十分英勇，还有一个教师唤做铁棒栾廷玉，也分外了得；扈家庄的飞天虎扈成、一丈青扈三娘兄妹和李家庄的扑天雕李应、鬼脸儿杜兴也都武艺非凡，因距离水泊梁山较近，唯恐梁山好汉前来借粮，便加紧战备，修筑防御工事，那些百姓平日里各自生活，家家户户却都备有兵器，打起仗来每家每户都要出人参战，战斗力非常强悍。后来宋江率领梁山军攻打祝家庄，宋江先施反间计，策反了李家庄，李应答应只做壁上观，不去救应，后来，梁山一十九员头领，五千六百马步军竟打不下祝家庄，还损兵折将，虽然瓦解了扈家庄，但锦豹子杨林、矮脚虎王英、霹雳火秦明、镇三山黄信、火眼狻猊邓飞被活捉，摩云金翅欧鹏被打伤，就连宋江也被撵得抱头鼠窜，险些被擒。军师吴用带着阮氏三雄和小温侯吕方、赛仁贵郭盛以及五百马军增援，恰好登州兵马提辖病尉迟孙立、两头蛇解珍、双尾蝎解宝等八条好汉反上梁山，那孙立却与祝家庄的教师栾廷玉是师兄弟，孙立先带人进入祝家庄卧底，栾廷玉不知孙立已在梁山落草，只道是来帮他，满心欢喜，不做防备，宋江靠里应外合才把祝家庄攻破。

凌州的曾头市共有三千余家，为首的是曾家府，曾涂、曾参、曾索、曾魁、曾升兄弟号称曾家五虎，另有教师史文恭、副教师苏定辅佐，聚集着五七千人马。曾头市距离梁山较远，本也相安无事，却自恃势力强大，要与水泊梁山作对，打着"扫荡梁山清水泊，剿除晁盖上东京"的旗号，还两次抢夺梁山泊的马匹，寨主晁盖咽不下这口气，便亲自带着二十位头领五千军马征讨曾头市，没想到竟大败亏输，军马折损大半，连晁盖也中毒箭阵亡。宋江接任寨主之位后，要与晁盖报仇，带同三十位头领和二万二千多军马分做五路攻打曾头市，最终血洗曾头市，曾家五虎连同史文恭、苏定尽数死于非命。

从水泊梁山攻打祝家庄和曾头市这两次战役来看，地主武装的实力不弱，甚至比朝廷官军的战斗力还强。宋朝采用默许的办法承认地主私人武装的存在，在客观上起到了一定作用，在打击农民起义以及抵御外来侵略等方面缓解了朝廷的压力，但同时也有极大的负作用，不仅影响了中央政府政令的统一与执行，还减少了中央政府的财政收入。此外，地主私人武装对老百姓横征暴敛，这又增加了社会的负担，使社会更加动荡混乱。

大宋朝廷利用地主武装来苟延残喘，其结果只不过是饮鸩止渴。

梁山好汉接受招安乃是必然

人们在读《水浒传》这部书，尤其是看了电视剧以后，都为梁山好汉最终接受朝廷招安感到惋惜，对宋江的评价也褒贬不一，许多人骂宋江从一个替天行道的义士变成了朝廷的走狗。其实，如果仔细品读《水浒传》，你就会发现，梁山好汉接受招安是必然的。为什么这样说？

先从梁山好汉啸聚山林的动因分析。

众所周知，梁山好汉绝大部分是被逼上梁山的，也就是说他们中的许多人并不情愿占山为王，而是迫不得已才上的梁山，其原因也是五花八门。有的是因为犯罪要逃避惩处，比如行者武松，先是因为嫂子潘金莲与西门庆通奸害死了他的哥哥武大郎而报复杀人，被刺配孟州，在孟州又因为替金眼彪施恩出头，打了蒋门神，再被刺配恩州，武松又连杀包括朝廷官员在内的二十来个人，是朝廷通缉的要犯；青面兽杨志先是失陷了花石纲，把个殿司制史的官职也给丢了，后因杀了泼皮牛二被刺配大名府，被梁中书看中，提拔他做个提辖，在押送梁中书给丈人蔡京祝寿的十万贯生辰纲途中，又被晁盖一伙给劫了，也是犯下了重罪；花和尚鲁智深是因路见不平，看不得卖唱的金翠莲受欺辱，三拳打死了镇关西郑屠，为逃避官司，先做了和尚，后上了梁山。还有的是不安于生存现状，想到梁山混个头领，大碗吃酒肉，大秤分金银，提高一下生活质量。比如石将军石勇，平日里靠放赌为生，其实也没什么本事，跑到郓城县宋江家里，急着要结识巴结宋江，宋江的父亲宋太公让石勇帮着给逃亡在外的宋江捎了封书信，便跟着上了梁山；活闪婆王定六原是个开酒店的，听说水泊梁山一伙好汉逍遥自在，好生羡慕，恰好浪里白条张顺去请神医安道全为宋江治病路过王定六的酒店，就通过张顺引见上山；锦豹子杨林也是这样，杨林一直在绿林丛中安身，听人说水泊梁山兵强马壮，在蓟州遇见了神行太保戴宗，便随戴宗投奔了梁山。

再从梁山好汉的成分来分析。

水泊梁山有不少人是朝廷的旧将，这些人或是被朝廷派去攻打梁山时被俘的，或是梁山军在攻打州县时俘虏的，投降后在梁山做了头领，而这些人是不屑于落草的，只是出于无奈而临时安身，而这些人在梁山大都身居高位。如大刀关胜、双鞭呼延灼、双枪将董平、没羽箭张清等都是在这种情况下上的梁山，梁山五虎将全部都是朝廷旧将。此外，还有一种人，就是收编的杂牌军。比如饮马川的铁面孔目裴宣、火眼狻猊邓飞、玉幡竿孟康；清风山的锦毛虎燕顺、矮脚虎王英、白面郎君郑天寿；桃花山的打虎将李忠、小霸王周通；少华山的九纹龙史进、神机军师朱武、跳涧虎陈达、白花蛇杨春；对影山的小温侯吕方、赛仁贵郭盛；黄门山的摩云金翅欧鹏、神算子蒋敬、铁笛仙马麟、九尾龟陶宗旺；芒砀山的混世魔王樊瑞、八臂哪吒项充、飞天大圣李衮等等。这些人原本就是乌合之众，没有什么政治目的，混个肚子圆了事，被梁山收编后，觉得大树底下好乘凉，有从众心理，你怎么搞我不管，有我的一碗饭吃就行。

再从梁山三代领导人的阶级成分来分析。

梁山共经历了三代领导人。第一代领导人是白衣秀士王伦。这王伦本是个不第秀才，手无缚鸡之力，胸无锦绣文章，心胸狭窄，而且当时也只有摸着天杜迁、云里金刚宋万和旱地忽律朱贵跟着他，根本没有什么影响，如果他一直占据梁山是成不了什么气候的，梁山绝不会发展到后来那么雄壮。第二代领导人是天王晁盖。晁盖是个富豪，是郓城县东溪村的保正，只因纠集智多星吴用、入云龙公孙胜等一伙人劫了生辰纲，被朝廷缉捕，才到梁山安身，火并了王伦，当了梁山寨主，从此梁山也逐渐兴旺起来，但他安于现状，只是劫掠些过路客商的钱财混口饭吃，也不会有大的作为，早晚会被政府军灭掉。第三代领导人是及时雨宋江。宋江本是郓城县的一个小公务员，也没什么大志，一直打着忠孝的旗号，虽与梁山有勾连，却不肯丢掉公务员的饭碗去落草，就是杀了阎婆惜后犯下重罪都没上梁山，甘愿被刺配到江州服刑，想刑满后再回去谋出路，没想到醉酒放荡，写了几句狂妄的话被定成死罪，被梁山好汉救了，这才上了梁山。宋江多年在衙门里混，深谙无间之道，知道凭自己的力量在官场上是永无出头之日的，只有利用梁山这伙强盗捞取政治资本，自己才有出人头地的机会。所以宋江上了梁山后，借着自己是晁盖的恩人谋取了副寨主的职位，然后就大肆宣扬他的忠孝理念，整日价说什么早晚为兄弟们谋个出身，博个封妻荫子。为了增加与朝廷讨价还价的砝码，宋江开始率领梁山军主动出击，攻取州县，并兼并了周边的山寨，使朝廷不得不对梁山刮目相看，晁盖战死后，宋江接任寨主，继续坚持执行自己既定的路线方针，强势扩张，对俘获的官军将领全部招降，一方面增强了梁山军的实力，另一方面又扩充了亲近朝廷的势力。原来朝廷根本就没有把梁山这伙草寇放在眼里，直至梁山军强大起来，政府军已经无力剿灭，宋江看接受招安的时机成熟，便主动向朝廷抛出了橄榄枝，在与朝廷谈判期间，宋江也是边打边谈，依靠强大的军事势力，把朝廷打回到谈判桌前，而此时的宋江再俘获政府军将领就不招降了，而是好言安抚，随后又放他们回去，因为他觉得资本已经捞足了，而梁山军如再扩张也不好统领，放这些人回去却可以向朝廷施加压力，最终朝廷只得降旨招安，宋江等人也都落得个封官加爵。

悲哀的是，宋江虽然达到了自己的目的，却没有看透官场的黑暗和危险，朝廷先让梁山军去同其他农民起义军厮拼，弄得鱼死网破，梁山头领战死三分之二，其余病死的、不愿当官的又去了十几位，剩下接受朝廷官职的又被一个一个害死了，倒是那几位没做官的落了个善终，这可能也是宋江始料不及的罢。

施耐庵笔下的女人们

施耐庵的《水浒传》把一百单八将刻画得栩栩如生，不仅形象生动，而且个性飞扬，让人看过以后，对里面的人物印象非常深刻，《水浒传》之所以能够成为中国四大古典文学巨著之一，与施耐庵高超的人物刻画手法不无关系。

读过《水浒传》的人，大多都能对一百单八将说出一二，殊不知在他们的光环下面，还有一大群女人们，这些女人在施耐庵的笔下也是性格各异，虽然有的只有寥寥几笔，却把每个人都展现得淋漓尽致，而这些女人却几乎都没有好的结果，这与"男尊女卑"的传统观念有关。我把施耐庵笔下的女人分为七个类型：

一是侠义豪爽型。 这个类型以孙二娘、顾大嫂为代表，虽是女人，却有男子气概。孙二娘与丈夫菜园子张青在十字坡开了个酒店，将过往客商用蒙汗药麻翻了剁成馅儿，卖人肉包子，也像男子般讲江湖义气，是个杀人不眨眼的女魔头，被人送了个"母夜叉"的绰号。顾大嫂原与丈夫小尉迟孙新在登州开了家酒店，因姑表弟弟两头蛇解珍、双尾蝎解宝被陷害入狱，竟逼着孙新的哥哥登州兵马提辖病尉迟孙立一同造反，劫了监牢，杀了许多人救出解珍、解宝兄弟，反上梁山落草，顾大嫂也被人呼为"母大虫"。

二是三从四德型。 这个类型以扈三娘等人为代表，逆来顺受全没有自己的主见。扈三娘人称"一丈青"，武艺高强，是祝家庄祝彪的未婚妻，宋江领军攻打祝家庄，扈三娘几个回合就活捉了矮脚虎王英，还把宋江撵得到处乱窜，最后让豹子头林冲擒住，祝彪以及扈三娘的父亲一家人都被李逵杀了，扈三娘与水泊梁山有灭门之仇，有血性的人肯定是不共戴天，而扈三娘不仅跟着上了梁山，还认宋江的父亲宋太公为义父，最后竟嫁给了曾被她活捉的那个花花公子王英。东平府太守程万里有个女儿，十分颜色，兵马都监双枪将董平累累使人去求娶为妻，太守不允，后梁山军征讨东平府，董平死战力保城池不失，就乘势又让人提亲，程万里却说等击退了梁山军后再议，董平心里老大不快，后董平被梁山军擒获，便降了梁山，那董平即带着梁山军赚开城门，杀了程万里一家老小，夺了他的女儿为妻。宋江为了招抚霹雳火秦明，竟将小李广花荣的妹妹送与他为妻。

三是刁蛮恶毒型。 这个类型以潘金莲、王婆、白秀英等人为代表，为了自己的私欲，忘恩负义，恩将仇报。其中潘金莲的知名度是最高的了，她与西门庆私通，在王婆的撺掇下，竟然下毒害死了自己的丈夫武大郎。白秀英只不过是一个歌妓，就因为与知县有一腿，就敢羞辱都头插翅虎雷横，竟将雷横押在她的戏园子门口示众，还打了雷横的母亲，最后逼急了雷横，自己反丢了性命。清风寨知寨刘高的老婆被矮脚虎王英劫到了清风山，那王英是个好色之徒，要霸占她当个押寨夫人，正巧让宋江撞上，宋江与清风寨副知寨花荣最好，就讲情让王英放了刘高老婆，刘高老婆回去后，竟要害宋江的性命，结果逼反了花荣，刘高夫妇也都死于非命。还有李鬼的老婆，李鬼冒充黑旋风李逵劫道竟劫到了真李逵头上，李逵被李鬼欺蒙，不仅没杀他，还给了他十两银子养家，李鬼老婆反倒要害李逵，先是想在李逵吃的饭里下麻药，被李逵发觉，后又把杀了四只猛虎的李逵告到了官府，致使李逵被抓，幸被旱地忽律朱贵等人救了，李鬼老婆死在了李逵的刀下。张都监的使女玉兰已经许给行者武松为妻，后来竟栽赃陷害武松，虽然是受主人指使，但最后也被武松杀了。

四是水性杨花型。 这个类型以潘巧云、阎婆惜、李巧奴等人为代表，朝三暮四，淫荡不守妇道。潘巧云是病关索杨雄的妻子，与报恩寺的和尚裴如海通奸，被打工的拼命三郎石秀发现，潘巧云就挑拨杨雄与石秀的关系，陷害石秀，最终落了个被杨雄剖腹剜心的下场。阎婆惜见宋江有钱，就做了宋江的小妾，后嫌宋江貌丑，与小白脸张文远勾搭成奸，后想与张文远做长久夫妻，拿着宋江与梁山晁盖往来的书信要挟，百般刁难，还要讹取一百两金子，宋江一怒之下便杀了阎婆惜。建康府烟花娼妓李巧奴与神医安道全勾搭，同时还勾连着截江鬼张旺，宋江生病命已垂危，浪里白条张顺去请安道全救宋江性命，被张旺劫了金银，差点连命都丢了，找到安道全，那李巧奴撒泼就是不让走，夜里却又与张旺幽会，被张顺杀了。

五是见利忘义型。 这个类型以李瑞兰为代表，为了钱财就把情义丢到了脑后。梁山军攻打东平府，九纹龙史进自以为与城内娼妓李瑞兰交厚，便带着许多金银进城卧底，那李瑞兰收了史进的金银，却又去官府出卖了史进，导致史进身陷囹圄，梁山军攻破东平府，李瑞兰也被史进杀死。玉麒麟卢俊义因上了智多星吴用的当，落了个私通梁山的罪名，被大名府梁中书关进大牢，而卢俊义的老婆贾氏以为卢俊义必死无疑，便与管家李固通奸，不仅侵吞了卢俊义的万贯家财，后来还要花钱去害卢俊义的性命，最终也死在了卢俊义的刀下。

六是贤惠贞烈型。 这个类型以林冲夫人张氏等人为代表，她们传承着中华民族传统美德。林冲夫妇原本过着宁静的生活，可是自从遇见了太尉高俅的干儿子高衙内，这个宁静就被打破了，那高衙内垂涎林夫人美色，多次纠缠，都被林夫人严词拒绝，高衙内为得到林夫人，竟陷害林冲，将他发配沧州，而林夫人却宁死也不屈从于高衙内的淫威，最后上吊自尽。还有金枪将徐宁的夫人十分贤惠，徐宁在衙门值班到很晚才回家，第二天一大早就又去上班，徐夫人都照顾得无微不至，鼓上蚤时迁盗走徐宁的雁翎甲，徐宁去追赶被骗上了梁山，然后又派人欺骗徐夫人说徐宁病在路上了，徐夫人毫不怀疑就跟着来人带着孩子去探望夫君，结果也被骗到山上。

七是知恩图报型。 这个类型以金翠莲等人为代表，受人滴水之恩总想涌泉相报。金翠莲父女受到恶霸镇关西郑屠欺凌，花和尚鲁智深打抱不平，三拳打死了郑屠，救了金翠莲父女，还送给他们银两，而鲁智深却因此被官府追捕，正当鲁智深走投无路时，又遇到了已经给赵员外当了小妾的金翠莲，金翠莲感激鲁智深的搭救之恩，便让赵员外把鲁智深介绍到五台山出家，寻了个安身之处。

从施耐庵对这些女人的描写可以看出，他的封建礼教思想还是比较严重的，那些有叛逆行为不遵从妇道的皆没有好的下场，而且死得都很惨，有的被剖腹剜心，有的被千刀万剐，施耐庵却对此津津乐道，把那血腥场面描写得极为详细。施耐庵在极力歌颂鼓吹江湖忠义的同时，把这些女人们写成了社会的玩物，在所谓的"江湖好汉"面前，她们是那样的渺小，就是案板上的肉，想怎么割就怎么割，想怎么砍就怎么砍。在"忠义"的大旗下，花荣的妹妹和徐宁的夫人都成了寡妇，唯有顾大嫂侥幸从战场生还，被朝廷封了个东源县君，但从宋江等人的下场看，她的结果也好不到哪里去。最"幸福"的就是金翠莲了，被鲁智深救了后，成了赵员外包养的"二奶"，这也就是施耐庵宣扬的所谓的"善报"和"善终"罢。

这些女人其实都是那个社会的牺牲品。

从《水浒传》看以人为本思想

我们仔细通读《水浒传》，发现字里行间竟也体现出"以人为本"的思想，梁山好汉相互理解，相互关爱，有福同享，有难同当，就像一个大家庭，而且打着"替天行道"的大旗，不扰民，不欺民，从而受到了百姓的拥护。

人人平等，兄弟相处。 在水泊梁山的忠义堂中，一百零八把交椅是平摆的，没有一级复一级的台阶，也没有堂上与堂下的严格区别，不论是地主富豪、将吏公差，还是猎户渔人、屠夫刽子，都以兄弟相称，在堂上都有一席之地，且是一样的酒筵欢乐。这与等级森严的封建王朝比起来，无疑要平等得多。具有这样的平等待人的局面，与封建王朝那种纯粹的主仆关系自然就不一样，便于减少隔膜，容易互相沟通。如卢俊义和燕青、李应和杜兴等原为主仆，戴宗和李逵原为上下级，武松和施恩、薛永和侯健、李云和朱富、宋江和孔明、孔亮兄弟原是师徒等，但到了水泊梁山，全都变成了兄弟关系。

体恤亲属，后顾无忧。 先是解决家属问题。晁盖等人刚上梁山，就立即"收拾两边房屋，安顿阮家老小"，让新来的这些头领们先安好家，使之更安心于梁山的战斗事业。林冲上梁山不久，晁盖得知他还有宝眷在京，便叫林冲马上写信，随即派人下山，准备"星夜取上山来"，以便团聚。虽然林冲妻子早已被迫自缢身死，而作为领导者的关怀之情却不可抹煞。宋江闹了江州上梁山，便急于"往家中搬老父上山，以绝挂念"。晁盖马上表态："这件是人伦中大事，养生送死，人子之道，不成我和你受用快乐，倒教家中老父吃苦？"而宋江"前脚下得山来"，晁盖和吴用放心不下，马上便派戴宗下山探听消息，另派头领把宋江父亲、弟弟等家眷取上梁山。公孙胜要去蓟州省视母亲，晁盖虽然感到"不忍瓮别"，可是"老尊堂在上，不敢阻当"，便设盛筵饯别，更"取出一盘黄白之资相送"。李逵要去沂州取娘，晁盖也马上表示要差几个人帮助他取了上山来，李逵只身要去，晁盖立即派朱贵暗中保护。可见作为梁山泊的领袖晁盖、吴用等，对众兄弟的家属是很关心的。晁盖牺牲之后，宋江继任梁山领袖，完全继承了晁盖的这种思想作风。如徐宁被赚上梁山，惦念"家中妻子，必被官司擒捉"，宋江立即派遣戴宗和汤隆"星夜往东京，取到徐宁老小上山"。彭玘和凌振被俘上山，宋江也及时派杨林和薛永分别到颍州与东京接来这两人的家属。李应被赚上梁山，刚提出"不知家中老小如何"时，吴用立即告诉他："宝眷都已取到山寨了。"然后是解决个人的婚姻问题。秦明的妻子被青州知府杀害之后，宋江亲自主婚，并备财礼，把花荣的妹子嫁给他。王英很想有个押寨夫人，宋江也一直把这事挂在心中。在攻打祝庄战役中，俘获了扈三娘，宋江便先把她送交父亲处"收管"，并认作义妹，亲自说合，嫁与王英。此事，不但王英感激万分，梁山上其他众兄弟都称颂宋江是"有德有义之士"。

梁山首领做好这种种工作，自然就不至于使众兄弟心挂两头，影响精力，而是更能安心在梁山效力了。

论功行赏，物质激励。 梁山好汉讲的是大碗吃酒肉，大称分金银，晁盖等人上梁山后，便教取出打劫得到的生辰纲和金珠宝贝，并自家庄上过活的金银财帛，就当厅赐赏众小头目并众多小喽啰，还祭祀天地神明，庆贺重新聚义。此后每每征战，都把功劳记录在案，并及时地"分表众军"，或回山寨较合理地分配战利品，或举行庆功宴会。如打败济州团练使黄安后，便"取过金银缎匹，赏了小喽啰"。"点检共夺得六百余匹好马，这是林冲的功劳；东港是杜迁、宋万的功劳；西港是阮氏三雄的功劳；捉得黄安，是刘唐的功劳"。攻破大名府后，宋江便叫"大设筵宴，犒赏马、步、水三军，令大小头目，并众喽啰军健，各自成团作队去吃酒"。

关心兄弟，爱护百姓。 梁山好汉都标榜一个"义"字，好抱打不平，兄弟之间也是情同手足。鲁智深看到金翠莲父女受恶霸郑屠的欺辱，就来了个"拳打镇关西"，三拳打死了郑屠。后来在桃花村又遇到周通强霸刘太公的女儿为妻，鲁智深又出手将周通痛打一顿，救了刘太公的女儿。宋江被刺配江州，因写反诗要被斩首，晁盖不惜倾梁山之力大闹江州，劫了法场，救出宋江。在作战中，每有头领负伤，都是及时救护，或送回山寨休养。梁山好汉还十分注重军民关系。每次军马出发，往往都是"于路秋毫无犯"，每当战斗开始，宋江一般都会吩咐各位头领不要滥杀无辜，战斗结束，往往以粮食或其他物资救济百姓。如打下东平府，宋江将太守家私俵散居民，晓谕百姓："害民州官，已自杀戮；汝等良民，各安生理。"打下东昌府，打开仓库，就将"钱粮一分发送梁山泊，一分给散居民。太守平日清廉，饶了不杀"。这就与北宋朝廷官兵的"纵容军士，尽去村中纵横掳掠"，形成鲜明的对照。这自然容易得到民众的拥护。

浅析梁山好汉的军事思想

《水浒传》虽然不是兵书，但详细描写了大大小小数十次战斗，梁山好汉每次下山征战，从留守山寨巩固大本营，到侦察到选将调兵到作战再到撤离战场都考虑得十分周密。除了那些带着神化、幻术色彩的阵法之类，有许多战斗的描写都体现了一些朴素的军事思想，在战略、战术方面长期以来受到人们的重视，有的至今对现今的军事思想还有一定的影响。

加强战备　巩固防务

梁山好汉十分重视队伍的基本建设，晁盖、吴用等一上梁山，就整顿梁山原有人马，要求他们"各依旧职，管领山前山后事务，守备山寨滩头，休教有失，各人务要竭力同心，共聚大义"。随后"整点仓廒、修理寨栅、打造军器，并安排大小船只，教演人兵水手，上船厮杀"。这里体现了水泊梁山的战略意识，不仅加强防御和进攻两方面的军事基础建设，对防御设施、进攻实力、军事装备、军需物资等方面也十分注重。

梁山好汉的战略意识是常备不懈的。当他们打败济州府团练使黄安之时，没有被胜利冲昏了头脑，军师吴用立即便宣布："我等且商量屯粮、造船、制办军器，安排栅寨城垣，添造房屋，整顿衣袍铠甲、打造刀枪弓箭，防备迎敌官军。"花荣、秦明等九位好汉投奔梁山后，梁山的实力大大增强，他们在庆贺筵宴刚毕，就着力为"山寨里添造大船、屋宇、车辆、什物，打造枪刀、军器、铠甲、头盔、整顿旌旗袍袄、弓弩箭矢，准备抵捕官军"。在大闹江州、智取无为军之后，宋江、戴宗、李逵等十七位好汉来投梁山，势力更加大增，而他们更是一如既往，"起造房舍，修理城垣"。

可以看出，梁山好汉们并不因自己的不断胜利而头脑发热，也没有因山寨发展壮大而骄傲自满，总是长期保持着常备不懈的战略意识。

知己知彼　百战不殆

《孙子兵法》云："知己知彼，百战不殆。"梁山好汉每次出兵征战都先摸清敌情，然后才采取军事行动，否则就会吃亏。如攻打祝家庄时，宋江便与花荣商议"听说祝家庄里路径甚杂，未可进兵。且先使两个入去，探听路途曲折，知得顺逆路程，却才进去与他敌对。"遂派杨林、石秀先去侦察。李逵嚷着要"带三二百个孩儿杀将去"，他就立即喝住，当时的宋江还是比较理智。可是，得知杨林被捉而石秀又尚未有消息之时，宋江就犯了临敌急暴的兵家大忌，"今夜只顾进兵杀将入去"，贸然进军，结果，陷于盘陀路，无法进退。在这危急之际，幸好石秀回来，摸清盘陀路"只看有白杨树便转弯"的秘密，才勉强让队伍撤出战斗，但已损失了一个首领黄信。如要攻打无为军，先派薛永去"探听虚实"，先查清"出没的路径"、"黄文炳那贼的住处"。宋江欲打曾头市，并又险些犯下冒进的毛病，"片时忍耐不住"，吴用便教时迁"探听消息"，并坚持"回来却作商量"。时迁探得"曾头市寨南寨北尽都掘下陷坑"。看曾头市不出交战，又派时迁扮作伏路小军潜伏到曾头市寨中，将"所有陷坑暗暗记着，离寨多少路远，总有几处"，并都做了记号，才使梁山军免受损失。吴用准备攻打大名府，也是事先便"使人累累去大名探听消息"等。总之，都是先有调查，相应做好准备，不打莽撞之仗。

这些正反两方面的经验与教训，很好地体现了调查研究，做到"知彼知己"的重要性。

制造假象　麻痹敌手

在《水浒》中，类似战斗也描写了不少。在三打祝家庄中，宋江等人利用新入伙的孙立等八位好汉，假造印信，扮成登州兵马，假称是调来"提防梁山泊强寇"，取得了祝家庄教师栾廷玉等的信任，潜入庄内，里应外合，终于彻底消灭了祝家庄相当强大的武装力量。在智取生辰纲中，吴用等假扮成贩枣子的商人，让精细能干的杨志也完全麻痹了，再加上假扮成卖酒者的白胜，做了一场假假真真的药酒买卖，于是，轻轻巧巧地把十万贯金珠宝贝劫来了。如江州劫法场，梁山兵马是假扮成弄蛇的丐者、使枪棒卖药的、挑担的脚夫，混入江州，挤到法场边上，"四下里杀将起来"，很快救出了待斩的宋江与戴宗。智取大名府时，也是让各位头领假扮成猎户、粜米客人、仆人、行商、僧人、卖灯客人、公人、村里夫妻、军官等，潜入城内，而于正月十五大闹元宵之际，与城外进攻的队伍"一齐发作"，很快便攻破城池。梁山军马攻打高唐州，高唐州知府高廉派人到邻近州府求救，吴用将计就计，派两路军马扮作救兵，高廉看"两路人马战尘蔽日，喊杀连天，冲奔前来"，梁山四面围城军马"四散奔走"，高廉以为救兵到了，大开城门，结果被梁山军攻破城池。

兵力部署 机动灵活

宋江领兵攻打祝家庄，除了部署山寨的守卫力量确保后方的安全之外，把进攻队伍分成两拨："头一拨，宋江、花荣、李俊……带领三千小喽啰，三百马军"；"第二拨，便是林冲、秦明、戴宗……也带三千小喽啰，三百马军"。这样部署，就是常说的先用一个拳头打人，留着另一个拳头，便于机动使用。果然，当第一拨人马困于盘陀路之际，第二拨人马正好前来接应，杀散伏兵，终于"夺路奔出村口"。宋江、吴用等可以说是经常这样部署兵力。如进攻高唐州，也是林冲、花荣等十二个头领"引马步兵五千，作前队先锋"，宋江、吴用等十个头领"引马步兵三千策应"。又如攻华州，先是花荣等五位头领带了马步军三千为先锋，宋江等六位头领带二千马步军为中军，李应等五位头领带马步军二千为押后。攻打大名府，吴用共分兵八路，第一队呼延灼为前部，黄信在后策应；第二队林冲为前部，花荣在后策应；第三队关胜为前部，孙立在后策应；第四队秦明为前部，杨志在后策应……这么部署兵力，或前军受挫，便可掩护救应；或前军取胜，更可扩大战果；或进或退，都是便于争取主动，易于取得最终胜利。

施耐庵笔下的情色《水浒》

　　《水浒传》是我国的四大名著之一，深受广大读者的喜爱，尤其是其中的精彩章回如鲁智深倒拔垂杨柳、武松打虎、智取生辰纲、林冲风雪山神庙等人们耳熟能详，脍炙人口。但仔细品读《水浒传》，你会发现其中许多精彩故事的背后，大多与女人有关，在描写中也是浓墨重彩，还有许多梁山好汉落草也是因为女人，也正应了那句话：英雄难过美人关。

　　比如"鲁提辖拳打镇关西"就是因为一个卖唱的姑娘金翠莲。鲁智深原名鲁达，原是延安府老种经略相公帐下提辖官，渭州状元桥下卖肉的郑屠绰号镇关西，定要金翠莲做小妾，还写了个三千贯的卖身文书，其实郑屠未给分文，未及三个月，金翠莲就被赶了出来，郑屠却要讹她三千贯钱，金翠莲无钱还他，只好跟着父亲卖唱，得来的钱大部分要交给郑屠还债。鲁达知道后义愤填膺，去找郑屠理论，没想到只三拳就把个镇关西打死了，鲁达怕吃官司，逃到五台山出家，法号智深，人们都称他为花和尚鲁智深。"林冲风雪山神庙"说的是林冲被逼上梁山的故事。豹子头林冲原是东京八十万禁军枪棒教头，武艺精绝，人前显贵，只因太尉高俅的儿子高衙内看上了林冲的夫人，三番五次搅扰林冲，最后高俅竟设计使林冲误闯白虎节堂，以此将林冲发配沧州看守草料场，途中要害林冲性命，被鲁智深大闹野猪林，救了林冲，却又派陆谦、富安追到沧州去害林冲，火烧草料场，林冲因风雪天无处安身就在山神庙避寒，幸免于难，便杀了陆谦、富安。林冲最终被逼得家破人亡，只得上梁山落草，成了一个让人同情的悲剧人物。"花荣大闹清风寨"的起因也是因为女人。宋江去在清风寨做副知寨的小李广花荣处避难，途中路过清风山，锦毛虎燕顺、矮脚虎王英、白面郎君郑天寿在这里占山为王，把宋江掳上山，知道是宋江后，又把宋江尊为上宾。王英是个好色之徒，把清风寨知寨刘高的老婆弄上山，定要她做押寨夫人，宋江因看刘高与花荣在一个单位工作，又是花荣的上级，就说情把她放了。宋江找到花荣后，在花荣处住了几日，一日出来到街上看灯，恰好被刘高的老婆撞见，即告诉刘高说宋江是贼寇，令人将宋江捉了，花荣得到消息，带人把宋江抢回，并与清风山的燕顺等联手抗击前来缉捕的官军，把刘高夫妇杀死后，跟随宋江上了梁山。

玉麒麟卢俊义、病关索杨雄的落草都是妻子不贤，只不过是过程不一样。卢俊义本是大名府有名的大财主，平时过着养尊处优的生活，更兼武艺精绝，一条棍棒堪称天下第一，宋江为了加重与朝廷讨价还价的砝码，就想方设法把卢俊义骗上梁山，劝其入伙，怎奈卢俊义就是不肯，宋江只好放其下山。卢俊义的老婆同管家李固通奸，便算计除了卢俊义，谋取他的万贯家财，就向官府诬告卢俊义私通梁山贼寇，卢俊义被下到大狱，李固又带着金子去找监禁的节级铁臂膊蔡福和一枝花蔡庆兄弟，让他们寻机害了卢俊义性命，卢俊义被梁山好汉救出后，他的老婆又哭哭啼啼想再复旧情，无奈卢俊义已经寒心，最终把一对狗男女杀了，投奔了梁山。杨雄原本是蓟州两院押狱兼刽子手，这杨雄虽是英勇，他的老婆潘巧云却与一个和尚裴如海有奸情，而杨雄戴了绿帽子自己却浑然不知，整天忙着去上班，而潘巧云与裴如海则有机会就在一起寻欢作乐，被杨雄的把兄弟拼命三郎石秀发现后，潘巧云反诬告石秀调戏她，弄得杨雄和石秀反目，石秀受不了窝囊气，就把与潘巧云偷情的裴如海杀了，又找杨雄说明原由，杨雄与石秀把潘巧云杀死在翠屏山，随后一起跑到梁山入伙。

宋江只因一时贪色，差点让一个女人害了。宋江在郓城县当押司时，歌妓阎婆惜的父亲死了，无钱下葬，宋江看她可怜，就送了她一副棺材和几两银子，阎婆惜葬了父亲后，经人说合，要给宋江做妾，宋江看阎婆惜貌美，一时心动，就答应了，没想到那阎婆惜水性杨花，没几日就同宋江同事张文远那个小白脸勾搭上了，又拿着宋江与梁山来往的书信做把柄要挟宋江，想与张文远做个长久夫妻，还要讹宋江金子，宋江一时拿不出金子，阎婆惜就威胁要把宋江告到官府，惹得宋江性起，把阎婆惜杀了，这也是整部《水浒传》中宋江亲手杀的唯一的人。

行者武松则是因为两个女人最终落草的。武松在景阳冈打死猛虎后，成了天下闻名的英雄，做了阳谷县的都头，又与哥哥武大郎团聚，没想到嫂子潘金莲嫌武大郎貌丑，见武松器宇轩昂，竟要勾搭武松，被武松呵斥了一顿，碰了一鼻子灰，那潘金莲淫心不改，又同西门庆勾搭成奸。武松因公事出差，潘金莲和西门庆就更加肆无忌惮，被武大郎捉奸，西门庆反将武大郎打个半死，歹毒的潘金莲怕武松回来后她与西门庆的奸情败露，竟在武大郎的药里下了砒霜，又与西门庆用枕头把武大郎活活闷死。武松回来很快就查明了真相，杀了潘金莲和西门庆，武松也因此获罪刺配孟州，结识了金眼彪施恩，醉打蒋门神，帮施恩夺回了快活林。孟州兵马都监与蒋门神是哥们弟兄，为了报复，把武松招到都监府，热情款待，还假意要把心爱的丫鬟玉兰许配武松为妻，好汉武松架不住忽悠，懵懵懂懂就被装了进去，心花怒放的武松被张都监用酒灌得烂醉，那丫鬟玉兰却将一些金银器皿藏到武松屋内栽赃，言说是武松偷的，买通知府又将武松刺配恩州，准备在押解路上结果了武松性命，不想武松神勇，被他连杀二十余人后逃走，那个玉兰也被武松用刀捅了，从而成就了武松"大闹飞云浦，血溅鸳鸯楼"的传奇故事。

比起武松的意气风发，插翅虎雷横就显得有点窝囊了。雷横是郓城县的都头，就因为看戏没拿钱，竟被歌妓白秀英整得威名扫地，那白秀英倚仗着同知县有一腿，枕边风吹过，雷都头就被绑在戏园子门口示众，连老母亲也跟着受欺辱，雷横哪儿丢过这种人呀，一怒之下打死了白秀英，在美髯公朱仝的掩护下逃上了梁山。

除了这些，《水浒传》中还有小霸王周通抢亲、浪里白条张顺杀神医安道全的小妾逼他为宋江治病、九纹龙史进到娼妓李瑞兰处卧底被捉、双枪将董平杀东平府太守全家抢其女儿为妻，等等。

但凡写小说，总是要寻个看点，而情色这东西是最吸引人眼球的，施耐庵先生也脱不了这个俗套。

梁山好汉戴上 "绿帽子" 后的不同反应

在梁山好汉中，有三位曾戴过 "绿帽子"，梁山的大寨主及时雨宋江、副寨主玉麒麟卢俊义、病关索杨雄。虽然最终那三个水性杨花的女人都没落下好下场（都被杀了），但宋江、卢俊义、杨雄对这个问题处理的方式和过程却迥然不同。

宋江原是郓城县的小吏，家中颇有钱财，专爱结交三教九流，也常周人之急，济人贫苦，端的挥金似土，在江湖上博了个 "及时雨" 的美誉。阎婆惜跟着父母卖唱流落到郓城县，父亲害病死了，却无钱发送，恰好遇见宋江，宋江看她母女可怜，便送她一副棺材，还给了她十两银子，那阎老婆子看宋江出手阔绰，又有官职，且还是单身，尚未娶亲，便想把女儿嫁给宋江，也好有个依靠，享个清福，央人前去说媒，那宋江看阎婆惜貌美，不免心动，买了一所楼房，与阎婆惜过起了夫妻生活。那阎婆惜本是酒色娼妓，而宋江却不省得风花雪月，日子久了，便生怠慢。一日，宋江带着文书张文远到家里吃酒，那张文远生得眉清目秀，也是个浪荡公子，阎婆惜恼怒宋江怠慢她，又嫌弃宋江丑陋，见了张文远，不免心生荡漾，不几日俩人竟勾搭成奸，宋江戴了 "绿帽子"，并没十分恼怒，反而寻思 "又不是我父母匹配的妻室，她若无心恋我，我没来由惹气，只不上门便了"，从此不再回去。宋江与梁山好汉晁盖等人来往甚密，一次，赤发鬼刘唐替晁盖给宋江送银子和书信，宋江丢在了阎婆惜处，找那婆娘讨要，阎婆惜却以此要挟宋江，要宋江答应她改嫁张文远，并要宋江把置办的房宅都送与她，宋江忍气吞声，一一应允，那婆娘得寸进尺，又向宋江要一百两金子，宋江拿不出，阎婆惜便大骂宋江，还威胁要报官，宋江怒从心头起，恶向胆边生，拔刀杀了那婆娘，随后逃出郓城县，流落江湖。

卢俊义是大名府有名的大财主，生活上养尊处优，武艺更为精绝，号称天下第一杆棒，英勇无比。宋江想把卢俊义赚上梁山，好以卢俊义"玉麒麟"的名头壮山寨声威。军师吴用便化装成算命先生，把卢俊义骗上了梁山，但卢俊义却不屑于落草为寇，更不愿与宋江等人为伍，宋江苦留不住，只好在山寨好吃好喝招待了卢俊义几日，没奈何放卢俊义下山。卢俊义没想到他离家几日，后院却已起火。卢俊义有个管家叫李固，原是个要饭的花子，饿昏在卢俊义家门口，卢俊义看他可怜，就收留了他，把他作为自己的心腹，还抬举李固做了管家。李固本应以德报恩，替卢俊义料理好家中事务，不想这小子是个喂不熟的白眼狼，看卢俊义被梁山好汉掠去，以为卢俊义不会再回来了，便吞了卢俊义的家财，这厮原与卢俊义的老婆贾氏就有私情，如今整日与贾氏奸宿，无所顾忌，仿佛他就是主人一般。卢俊义回来，李固和贾氏大吃一惊，知道卢俊义必不会干休，便把卢俊义告到官府，诬卢俊义私通梁山，意欲谋反，将卢俊义拿到大名府公堂审讯，可怜"玉麒麟"被打得皮开肉绽，只是不肯招供，李固和贾氏反劝卢俊义招认了罪名，又贿赂押牢节级铁臂膊蔡福五百两黄金，定要结果卢俊义性命，只因梁山派小旋风柴进先到大名府打点，送了蔡福一千两黄金，才保得卢俊义活命。后宋江率领梁山军打破大名府，救出了卢俊义，卢俊义从大牢里出来后，挺着朴刀径直寻李固、贾氏一对狗男女报仇，将二人剖腹剜心，随后便在水泊梁山入了伙。

杨雄是蓟州押牢的节级兼刽子手，因面色微黄，人都称他为"病关索"。杨雄虽然吃穿不愁，但因是外乡人，没有地位，常受当地地痞的欺辱，一日，守城军汉"踢杀羊"张保领着一群破落户汉子拦住杨雄滋事，眼看杨雄要吃亏，幸被拼命三郎石秀救了，二人遂结拜为兄弟。杨雄的老婆潘巧云是改嫁过来的，性情轻浮，却与报恩寺的和尚裴如海通奸，只要杨雄去府衙值夜班，那贼和尚就借此机会从庙里跑出来，与潘巧云厮会，潘巧云买通了身边的丫鬟，看杨雄去值夜班，就通知和尚化装成俗人从后门进来。时间长了，却被石秀瞧破，便说与杨雄，杨雄一次酒醉，把潘巧云臭骂了一通，那妇人知道是石秀从中作梗，反诬石秀调戏她，杨雄竟信了那淫妇的鬼话，赶走了石秀。那妇人见除了眼中钉，更加肆无忌惮，与那和尚来往愈发密了。石秀咽不下这口气，要洗刷得自己清白，觑得裴如海又来找潘巧云寻欢，便趁机杀了那贼和尚，剥得赤条条地把尸首扔在杨雄家的后门，然后把潘巧云与裴如海通奸的前后都向杨雄说了，杨雄见冤屈了石秀，便向石秀请罪，两人和好如初。杨雄怎容那妇人给自己戴"绿帽子"？当即把潘巧云和那丫鬟带到翠屏山上，将潘巧云与裴如海通奸之事审问得清楚了，一怒之下，便杀了那丫鬟，碎剐了潘巧云，然后与石秀一起投奔梁山落草。

宋江、卢俊义、杨雄三人都被戴了"绿帽子"，从解决这个问题的过程也可看出一个人的秉性。宋江素有大志，一直想利用水泊梁山来谋取高官，所以，他不愿意因为一个女子而坏了自己的大事，换句话说，宋江压根儿也没把阎婆惜当回事，即使戴了"绿帽子"，也采取睁一眼闭一眼的态度，如果阎婆惜不逼着向宋江要他拿不出来的东西，如果阎婆惜不威胁要到官府告发宋江，宋江根本就不会在乎什么"绿帽子"，甚至还同意阎婆惜改嫁给张文远那个小白脸。卢俊义是个有社会地位的人，他是绝对不会容忍别人给他戴"绿帽子"的，就是没有李固陷害他谋反并要害他性命的情节，只是通奸这件事，他也决不会让李固和贾氏活下去。杨雄本是流落到蓟州的外来户，在当地没有根基，平时都是忍气吞声，杨雄未必不知潘巧云与裴如海通奸，不过是怕惹是非，若不是石秀爱管闲事，杨雄也许会装糊涂，就当没有这回事，可既然石秀已经把这层纸捅破了，杨雄咬着牙也得维护自己的脸面，大不了不在蓟州混了。

解析水泊梁山的人才观念

　　梁山好汉一百单八将中，可谓形形色色，什么样的人都有，渔民猎户、官军将领、农民地主、手工业者、强盗土匪等，世相百态在这里一展无余，而这些人又大多有自己的独门绝活，《水浒传》则把"人尽其用、量才使用、敢于重用"的人才观念描写得淋漓尽致。

知人善任　量才使用

　　梁山好汉当中，有的擅长水攻，有的熟悉陆战；有的精通骑射，有的谙熟步斗；有的长于征伐，有的适合后勤等等，几乎每个人的优点和缺点都很突出，又都爱憎分明，寨主宋江等领导体现出了"知人善任、量才使用"。如神算子蒋敬出身落科举子，"精通书算，积万累千，纤毫不差"，便安排他做了个专掌山寨钱粮收支的头领。紫髯伯皇甫端本是兽医，善能相马，有伯乐之才，牲口寒暑病症，下药用针，无不瘥可，便让他掌管专攻医兽一应马匹的头领。母夜叉孙二娘、菜园子张青及小尉迟孙新、母大虫顾大嫂两对夫妇原本就是开酒店的，到了水泊梁山，宋江安排他们继续在梁山脚下开办酒店，专门为梁山打探消息。就连鼓上蚤时迁、白日鼠白胜、金毛犬段景住等一帮鸡鸣狗盗之徒也都安排了比较合适的工作岗位。

　　在水泊梁山，不论出身，不论男女，不论相貌，只要有一技之长都会找到适合自己的工作岗位，而且是量才录用，各扬其长。可以说，梁山泊上没有浪费人才，更没有各种歧视。

用人不疑　敢委重任

在使用人才中，宋江也是大胆放手，委以重任。梁山兵马攻破北京，赶得镇守北京的梁中书离城逃命，杀了梁中书全家，那梁中书本是太师蔡京的女婿，恼羞成怒的蔡京奏闻天子，又派遣圣水将军单廷珪、神火将军魏定国这两个凌州团练使前来"征讨"。这时，刚刚归顺梁山不久的大刀关胜，便自告奋勇，主动请战："愿借五千军兵，不等他二将起行，先往凌州路上接住。他若肯降时，带上山来；若不肯投降，必当擒来奉献。"宋江听了大喜，马上让关胜率军出征。但军师吴用却有点不放心，认为"关胜此去，未保其心，可以再差良将随后监督"。而宋江马上批评了吴用："军师不必见疑。"

宋江率军攻打祝家庄，两次都失败了，而且损失惨重，待他第三次攻打祝家庄时，正逢登州兵马提辖病尉迟孙立等人前来投靠梁山。这孙立与祝家庄的教师铁棒栾廷玉是一个师傅教的武艺，听得梁山与祝家庄厮杀，便主动提出"只做登州调来郓城守把，经此相望，栾廷玉必来迎接，到时里应外合"。按说孙立原是官军，虽说与官府决裂，但宋江、吴用等人并没有与孙立交往过，也就是说宋江等人并不了解孙立的为人，但宋江眼见孙立既然投靠了梁山，也就大胆使用，同意了孙立的计划，最终拿下了祝家庄。

以上两个事例充分表现了宋江对关胜、孙立的高度信任，也正是这种信任，才使得宋江能把众多梁山好汉团结在一起。

心胸磊落　用人唯贤

在《水浒传》中，施耐庵笔下的梁山好汉大多性格刚直，光明磊落。黑旋风李逵莽撞，时常给宋江造成难堪。如荆门镇刘太公的女儿被冒名为宋江的草贼抢了去，李逵不辨真伪，奔上忠义堂，便"拔出大斧，先砍倒了杏黄旗"，还"抢上堂来，径奔宋江"。如果没有关胜、林冲、秦明等在场"慌忙拦住，夺了大斧"，宋江性命几乎断送了。当弄清事情原委的确是有人假冒宋江，李逵这次的错误是相当严重的，但宋江并未因此而盛气凌人，而是以"捉得假宋江，讨得刘太公女儿来还他"作为对李逵减轻处罚的条件，并指派燕青去相助。当李逵果真完成任务时，宋江便"大喜"，随之设筵作贺。此事过去之后，宋江从未重提，更未有打击报复，以至穿小鞋之类行为。

就连一向鲁莽的李逵也善于发现人才。李逵在去凌州的路上遇见了没面目焦挺，与之争斗，被焦挺一拳打翻，李逵没有计较个人荣辱，而是说，"你有这等本事，如何不来投奔俺哥哥宋公明？"随即把焦挺引荐上梁山；在武冈镇，李逵遇见了金钱豹子汤隆，看他屋里都是铁砧、铁锤、火炉、钳、凿家伙，寻思这必是个打铁匠人，山寨里正用得着，便对汤隆说："你在这里几时得发迹？不如跟我上梁山入伙，叫你也做个头领。"汤隆遂跟李逵上了梁山。宋江、卢俊义率军攻打东昌府时，被东昌府守将没羽箭张清用石子接连打伤一十六员头领，宋江等人用计捉了张清后，张清情愿拜降，宋江怕被他打伤的头领寻仇，便折箭为誓，说"众兄弟若要报仇，皇天不佑"。众人看宋江设誓已罢，"大笑，尽皆欢喜"。此后张清与梁山众位头领和谐相处，并没有仇隙，更没有过寻私仇的事情发生，大家肝胆相照，同仇敌忾，使朝廷官军不敢小觑水泊梁山。

这里再说一下白胜。白胜与天王晁盖等人一起在黄泥冈劫了生辰纲，后来白胜因露出马脚被官府抓了去，白胜吃不住拷打，竟把晁盖等人供了出来，官军前来缉捕，幸亏宋江提前送信，才使晁盖等人逃过劫难，晁盖等人上了梁山后，没有因为白胜的反水而放弃他，而是"教人去那里使钱，买上瞩下，松宽他，便好脱身"，最终从牢里救出白胜，也安排做了个头领。

水泊梁山良好的用人环境吸引了大批各类人才，梁山好汉中虽有一批是被逼上梁山的，但有相当一批人是向往梁山的生活而相互推荐自愿上山的。可见一个好的用人环境是多么重要，这对我们现在来说也有着借鉴意义。

后 记

《水浒传》是我最喜欢的书籍之一。

小学二年级的时候，我就读过《水浒传》，虽然有的字还不认识，虽然有的词句也弄不懂，但从那时起，我的的确确喜欢上了这本书。

我曾买过十几个版本的《水浒传》，有精装的、简装的，还有缩印本，以至于家里的书架上、厕所里有《水浒传》，办公室里有《水浒传》，甚至我出差时也经常带着《水浒传》，至今已经说不清楚看了多少遍了。一次在外地，有位文友看到我随身带的书，对我说："整天带着你那'破水浒'。"

为什么喜欢这本书？我想可能这本书里透出的"义"字和我做人的原则相融罢。平日不论是处事还是交友，我总是义字为先，不卑不亢，不阳奉阴违，不阿谀奉承，不随波逐流，不勾心斗角，追求的是光明磊落。我以为这个世界这个社会有了"义"才会有和谐。我想起了中国煤矿作家协会主席、著名作家刘庆邦为义煤集团题的词：马有义而成龙，煤有义则暖心。

看得多了，就有了些许感悟，就想写点什么。有一天心血来潮，信手胡诌了几篇文字，不想竟得到了文友的认可。时任《中国煤炭报》副刊部副主任的冯向国发表了我四篇，竟也有了一点点反响。中国煤矿作家协会副主席兼秘书长、《阳光》杂志社社长徐迅见了，也鼓励我继续写下去。因工作繁忙，这样的写作并不顺利，断断续续，有时还产生了放弃的念头，在朋友们的激励下，我坚持了下来，于是，就有了这本小册子。

这本集子共收录了44篇文章，其中有的认识还比较肤浅，有的写得勉强有凑数之嫌，敬请各位朋友批评指正。

最后要感谢刘璐，是她帮忙配了插图，为这本小册子增色不少。